U0115176

万榕

传播新知 优美表达

梁实秋 著

人生难得开口笑

北方联合出版传媒(集团)股份有限公司
万卷出版有限责任公司

ⓒ 梁实秋 2022

图书在版编目（CIP）数据

人生难得开口笑 / 梁实秋著. — 沈阳：万卷出版
有限责任公司, 2022.6
ISBN 978-7-5470-5863-3

Ⅰ.①人… Ⅱ.①梁… Ⅲ.①散文集 – 中国 – 现代
Ⅳ.①I266

中国版本图书馆CIP数据核字（2021）第244697号

出 品 人：王维良
出版发行：北方联合出版传媒（集团）股份有限公司
　　　　　万卷出版有限责任公司
　　　　　（地址：沈阳市和平区十一纬路29号　邮编：110003）
印 刷 者：北京君达艺彩科技发展有限公司
经 销 者：全国新华书店
幅面尺寸：145mm×210mm
字　　数：156千字
印　　张：8
出版时间：2022年6月第1版
印刷时间：2022年6月第1次印刷
选题策划：王会鹏
责任编辑：李　明
责任校对：张兰华
版式设计：任展志
封面设计：任展志
ISBN 978-7-5470-5863-3
定　　价：49.80元
联系电话：024-23224081
邮购热线：024-23224481

常年法律顾问：王　伟　版权所有　侵权必究　举报电话：024-23284090

目 录

辑一　心本无生因境有

辑二 内心湛然，则无往而不乐

辑三　天地间第一人品，还是读书

辑一

心本无生因境有

我常幻想着『风雨故人来』的境界，

在风飒飒雨霏霏的时候，

心情枯寂，百无聊赖，

忽然有客款扉，把握言欢，莫逆于心。

脸谱

我要说的脸谱不是旧剧里的所谓"整脸""碎脸""三块瓦"之类，也不是麻衣相法里所谓观人八法"威、厚、清、古、孤、薄、恶、俗"之类。我要谈的脸谱乃是每天都要映入我们眼帘的形形色色的活人的脸。旧戏脸谱和麻衣相法的脸谱，那乃是一些聪明人从无数活人脸中归纳出来的几个类型公式，都是第二手的资料，可以不管。

古人云"人心不同，各如其面"，那意思承认人面不同是不成问题的。我们不能不叹服人类创造者的技巧的神奇，差不多的五官七窍，但是部位配合，变化无穷，比七巧板复杂多了。对于什么事都讲究"统一""标准化"的人，看见人的脸如此复杂离奇，恐怕也无法训练改造，只好由它自然发展吧？假使每一个人的脸都像是从一个模子里翻出来的，一律的浓眉大眼，一律的虎额龙隼，在排起队来检阅的时候固然甚为壮观整齐，但不便之处必定太多，那是不可想象的。

　　人的脸究竟是同中有异，异中有同，否则也就无所谓谱。就粗浅的经验说，人的脸大致分为两种，一种是令人愉快的，一种是令人不愉快的。凡是常态的、健康的、活泼的脸，都是令人愉快的，这样的脸并不多见。令人不愉快的脸，心里有一点或很多不痛快的事，很自然地把脸拉长一尺，或是罩上一层阴霾，但是这张脸立刻形成人与人之间的隔阂，立刻把这周围的气氛变得阴沉。假如，在可能范围之内，努力把脸上的筋肉松弛一下，嘴角上挂出一个微笑，自己费力不多，而给予人的快感甚大，可以使得这人生更值得留恋一些。我永不能忘记那永长不大的孩子潘彼得，他嘴角上永远挂着一颗微笑，那是永恒的象征。一个成年人若是完全保持一张孩子脸，那也并不是理想的事，除了给"婴儿自己药片"做商标之外，也不见得有什么用处。不过赤子之天真，如在脸上还保留一点痕迹，这张脸对于人类的幸福是有贡献的。令人愉快的脸，其本身是愉快的，这与老幼妍媸无关。丑一点，黑一点，下巴长一点，鼻梁塌一点，都没有关系，只要上面漾着充沛的活力，便能辐射出神奇的光彩，不但有光，还有热，这样的脸能使满室生春，带给人们兴奋、光明、调谐、希望、欢欣。一张眉清目秀的脸，如果恹恹无生气，我们也只好当作石膏像来看待了。

我觉得那是一个很好的游戏：早起出门，留心观察眼前活动的脸，看看其中有多少类型，有几张使你看了一眼还想再看？

不要以为一个人只有一张脸。女人不必说，常常"上帝给她一张脸，她自己另造一张"。不涂脂粉的男人的脸，也有"卷帘"一格，外面摆着一副面孔，在适当的时候呱嗒一声如帘子一般卷起，另露出一副面孔。"杰克博士与海德先生"（Dr. Jekyll and Mr. Hyde）那不是寓言。误入仕途的人往往养成这一套本领。对下司道貌岸然，或是面部无表情，像一张白纸似的，使你无从观色，莫测高深，或是面皮绷得像一张皮鼓，脸拉得驴般长，使你在他面前觉得矮好几尺！但是他一旦见到上司，驴脸得立刻缩短，再往瘪里一缩，马上变成柿饼脸，堆下笑容，直线条全弯成曲线条。如果见到更高的上司，连笑容都凝结得堆不下来，未开言嘴唇要抖上好大一阵，脸上做出十足的诚惶诚恐之状。帘子脸是傲下媚上的主要工具，对于某一种人是少不得的。

不要以为脸和身体其他部分一样的受之父母，自己负不得责。不，在相当范围内，自己可以负责的，大概人的脸生来都是和善的，因为从婴儿的脸看来，不必一定都是颜如渥丹，但是大概都是天真无邪，令人看了喜欢的。我还没见过一个孩子带着一副不得善终的脸，脸都是后来自己作践坏了的，人们多半不体会自己的脸对于别人发生多大的影响。脸是到处都有的。

在送殡的行列中偶然发现的哭丧脸，作讣闻纸色，眼睛肿得桃儿似的，固然难看。一行行的囚首垢面的人，如稻草人，如丧家犬，脸上作黄蜡色，像是才从牢狱里出来，又像是要到牢狱里去，凸着两只没有神的大眼睛，看着也令人心酸。还有一大群心地不够薄脸皮不够厚的人，满脸泛着平价米色，嘴角上也许还沾着一点平价油，身穿着一件平价布，一脸的愁苦，没有一丝的笑容，这样的脸是颇令人不愉快的。但是这些贫病愁苦的脸还不算是最令人不愉快，因为只是消极得令人心里堵得慌，而且稍微增加一些营养（如肉糜之类）或改善一些环境，脸上的神情还可以渐渐恢复常态。

最令人不快的是一些本来吃得饱、睡得着、红光满面的脸，偏偏带着一股肃杀之气，冷森森地拒人千里之外，看你的时候眼皮都不抬，嘴撇得瓢儿似的，冷不防抬起眼皮给你一个白眼，黑眼球不知翻到哪里去了，脖梗子发硬，脑壳朝天，眉头皱出好几道熨斗都熨不平的深沟——这样的神情最容易在官办的业务机关的柜台后面出现。遇见这样的人，我就觉到惶惑：这个人是不是昨天赌了一夜以致睡眠不足，或是接连着腹泻了三天，或是新近遭遇了什么冥凶，否则何以乖戾至此，连一张脸的常态都不能维持了呢？

排队

　　"民权初步"讲的是一般开会的法则，如果有人撰一续编，应该是讲排队。

　　如果你起个大早，赶到邮局烧头炷香，柜台前即使只有你一个人，你也休想能从容办事，因为柜台里面的先生小姐忙着开柜子、取邮票文件、调整邮戳，这时候就有顾客陆续进来，说不定一位站在你左边，一位站在你右边，也许是衣冠楚楚的，也许是破衣邋遢的，总之是会把你夹在中间。夹在中间的人未必有优先权，所以三个人就挤得很紧，胳膊粗、个子大、脚跟稳的占便宜。夹在中间的人也未必轮到第二名，因为说不定又有人附在你的背上，像长臂猿似的伸出一只胳膊越过你的头部拿着钱要买邮票。人越聚越多，最后像是橄榄球赛似的挤成一团，你想钻出来也不容易。

三人曰众，古有明训。所以三个人聚在一起就要挤成一堆。排队是洋玩意儿，我们所谓"鱼贯而行"都是在极不得已的情形之下所做的动作。《晋书·范汪传》："玄冬之月，沔汉干涸，皆当鱼贯而行，推排而进。"水不干涸谁肯循序而进，虽然鱼贯，仍不免于推排。我小时候，在北平有过一段经验，过年父亲常带我逛厂甸，进入海王村，里面有旧书铺、古玩铺、玉器摊，以及临时搭起的几个茶座儿。我父亲如入宝山，图书、古董都是他所爱好的，盘旋许久，乐此不疲，可是人潮汹涌，越聚越多。等到我们兴尽欲返的时候，大门口已经壅塞了。门口只有一个，进也是它，出也是它。而且谁也不理会应靠左边行，于是大门变成瓶颈，人人自由行动，卡成一团。也有不少人故意起哄，哪里人多往哪里挤，因为里面有的是大姑娘、小媳妇。父亲手里抱了好几包书，顾不了我。为了免于被人践踏，我由一位身材高大的警察抱着挤了出来。从此我没再去过厂甸，直到我自己长大有资格抱着我自己的孩子冲出杀进。

中国地方大，按说用不着挤，可是挤也有挤的趣味。逛隆福寺、护国寺，若是冷清清的凄凄惨惨觅觅，那多没有味儿！不过时代变了，人几乎天天到处要像是逛庙赶集。长年挤下去实在受不了，于是排队这洋玩意儿应运而兴。奇怪的是，这洋玩意儿兴了这么多年，至今还没有蔚成风气。长一辈的人在人多的地方横冲直撞，孩子们当然认为这是生存技能之一。学校不能负起教导的责任，因为教师就有许多是不守秩序的好手。法律无排队之明文规定，警察管不了这么多。大家自由活动，也能活下去。

不要以为不守秩序、不排队是我们的民族性，生活习惯是可以改的。抗战胜利后我回到北平，家人告诉我许多敌伪横行霸道的事，其中之一是在前门火车站票房前面常有一名日本警察手持竹鞭来回巡视，遇到不排队就抢先买票的人，就一声不响高高举起竹鞭飕的一声着着实实地抽在他的背上。挨了一鞭之后，他一声不响地排在队尾了。前门车站的秩序从此改良许多。我对此事的感想很复杂。不排队的人是应该挨一鞭子，只是不应该由日本人来执行。拿着鞭子打我们的人，我真想抽他十鞭子！但是，我们自己人就没有人肯对不排队的人下那个毒手！好像是基于同胞爱，开始是劝，继而还是劝，不听劝也就算了，大家不伤和气。谁也不肯扬起鞭子去取缔，腼颜说是"于法无据"。一条街定为单行道、一个路口不准向左转，又何所据？法是人定的，要什么样的生活方式便应该有什么样的法。

洋人排队另有一套，他们是不拘什么地方都要排队。邮局、银行、剧院无论矣，就是到餐厅进膳，也常要排队听候指引一一入座。人多了要排队，两三个人也要排队。有一次要吃比萨饼，看门口队伍很长，只好另觅食处。为了看古物展览，我参加过一次两千人左右的长龙，我到场的时候才有千把人，顺着龙头往下走，拐弯抹角，走了半天才找到龙尾，立定脚跟，不久回头一看，龙尾又不知伸展得何处去了。我仔细观察发现了一个秘密：洋人排队，浪费空间，他们排队占用一里，由我们来排队大概半里就足够。因为他们每个人与另一个人之间通常保持相当距离，没有肌肤之亲，也没有摩肩接踵之事。我们排队就亲热得多，紧迫盯人，唯恐脱节，前面人的胳膊肘会戳你的肋骨，后面人喷出的热气会轻拂你的脖颈。其缘故之一，大概是我们的人丁太旺而场地太窄。以我们的超级市场而论，实在不够超级，往往近于迷你，遇上八折的日子，付款处的长龙摆到货架里面去，行不得也。洋人的税捐处很会优待主顾，设备充分，偶然有七八个人排队，排得松松的，龙头走到柜台也有五步六步之遥。办起事来无左右受夹之烦，也无后顾催迫之感，从从容容，可以减少纳税人胸中许多戾气。

我们是礼仪之邦，君子无所争，从来没有鼓励人争先恐后之说。很多地方我们都讲究揖让，尤其是几个朋友走出门口的时候，常不免于拉拉扯扯礼让半天，其实鱼贯而行也就够了。我不太明白为什么到了陌生人聚集在一起的时候，便不肯排队，而一定要奋不顾身。

我小时候只知道上兵操时才排队。曾路过大栅栏同仁堂，柜台占两间门面，顾客经常是里三层外三层挤得水泄不通，多半是仰慕同仁堂丸散膏丹的大名而来办货的乡巴佬。他们不知排队犹可说也。奈何数十年后，工业已经起飞，都市中人还不懂得这生活方式中极为重要的一个项目？难道真需要那一条鞭子才行吗？

讲价

　　韩康采药名山，卖于长安市，三十余年，口不二价。这并不是说三十余年物价没有波动，这是说他三十余年没有讲过一次谎，就凭这一点怪脾气，他的大名便入了《后汉书·逸民列传》。这并不证明买卖东西无须讲价是我们古已有之的固有道德，这只证明自古以来买卖东西就得要价还价，出了一位韩康，便是人瑞，便可以名垂青史了。韩康不但在历史上留下了佳话，在当时也是颇为著名的。一个女子向他买药，他守价不移，硬是没得少，女子大怒，说："难道你是韩康，一个钱没得少？"韩康本欲避名，现在小女子都知道他的大名，吓得披发入山。卖东西不讲价，自古以来，是多么难得！我们还不要忘记韩康"家世著姓"，本不是商人，如果是个"逐什一之利"的，有机会能得什二什三时岂不更妙？

从前有些店铺讲究货真价实，"言不二价""童叟无欺"的金字招牌偶然还可以很骄傲地悬挂起来，不必大减价雇吹鼓手，主顾自然上门。这种事似乎渐渐少了。童叟根本也不见得好欺侮，而且买卖大半是流动的，无所谓主顾，不讲价还是不过瘾，不七折八扣显得买卖不和气，交易一成买者就又会觉得上当。在尔虞我诈的情形之下，讲价便成为交易的必经阶段，反正是"漫天要价，就地还钱"。看看谁有本事谁讨便宜。

我买东西很少的时候能不比别人的贵。世界上有一种人，喜欢到人家里面调查物价，看看你家里有什么东西都要打听一下是用什么价钱买的，除非你在每一事物上都粘上一个纸签标明价格，否则将不胜其啰唣。最扫兴的是，我已经把真的价钱瞒起，自欺欺人地只说了一半的价钱来搪塞他，他有时还会把头摇得像个"拨浪鼓"似的，表示你上了弥天的大当！我承认，有些人是特别善于讲价，他有政治家的脸皮，外交家的嘴巴，杀人的胆量，钓鱼的耐心，坚如铁石，韧似牛皮，所以他能压倒那待价而沽的商人。我曾虚心请教，大概归纳起来讲价的艺术不外下列诸端：

第一，要不动声色。进得店来，看准了他没有什么你就要什么，使得他显得寒碜，先有几分惭愧。然后无精打采地道出你所真心要买的东西，伙计于气馁之余，自然欢天喜地地捧出他的货色，价钱根本不会太高。如果偶然发现一项心爱的东西，也不可失声大叫，如获异宝，必要行若无事，淡然处之，于打听许多种物价之后，随意问询及之，否则你打草惊蛇，他便奇货可居了。

第二，要无情地批评。甘瓜苦蒂，天下物无全美。你把货物捧在手里，不忙鉴赏，先求其疵缪之所在，不厌其详地批评一番，尽量道出它的缺点。有些物事，本是无懈可击的，但是"嗜好不能争辩"，你这东西是红的，我偏喜欢白的，你这东西是大的，我偏喜欢小的。总之，是要把东西褒贬得一文不值缺点百出，这时候伙计的脸上也许要一块红一块白的不大好看，但是他的心里软了，价钱上自然有了商量的余地，我在委曲迁就的情形之下来买东西，你在价钱上还能不让步吗？

第三，要狠心还价。先假设，自从韩康入山之后每个商人都是说谎的。不管价钱多高，拦腰一砍。这需要一点胆量，要狠得下心，说得出口，要准备看一副嘴脸。人的脸是最容易变的，用不了加多少钱，那副愁云惨雾的苦脸立刻开霁，露出一缕春风。但这是最紧要的时候，这是耐心的比赛，谁性急谁失败，他一文一文地减，你就一文一文地加。

第四，要有反顾的勇气。交易实在不成，只好掉头而去，也许走不了好远，他会请你回来，如果他不请你回来，你自己要有回来的勇气，不能负气，不能讲究"义不反顾，计不旋踵"。

讲价到了这个地步，也就山穷水尽了。

这一套讲价的秘诀，知易行难，所以我始终未能运用。我怕费功夫，我怕伤和气，如果我粗脖子红脸，我身体受伤，如果他粗脖子红脸，我精神上难过，我聊以解嘲的方法是记起郑板桥爱写的那四个大字："难得糊涂"。

《淮南子》明明记载着："东方有君子之国"，但是我在地图上却找不到。《山海经》中也记载着："君子国衣冠带剑，其人好让不争。"但只有《镜花缘》给君子国透露了一点消息。买物的人说："老兄如此高货，却讨恁般贱价，教小弟买去，如何能安？务求将价加增，方好遵教。若再过谦，那是有意不肯赏光交易了。"卖物的人说："既承照顾，敢不仰体？但适才妄讨大价，已觉厚颜，不意老兄反说货高价贱，岂不更教小弟惭愧？况敝货并非'言无二价'，其中颇有虚头。"照这样讲来，君子国交易并非言无二价，也还是要讲价的，也并非不争，也还有要费口舌唾液的。什么样的国家才能买东西不讲价呢？我想与其讲价而为对方争利，不如讲价而为自己争利，比较地合于人类本能。

有人传授给我在街头雇车的秘诀：街头孤零零的一辆车，车夫红光满面鼓腹而游的样子，切莫睬他，如果三五成群鸠形鹄面，你一声吆喝便会蜂拥而来，竞相延揽，车价会特别低廉。在这里我们发现人性的一面——残忍。

暴发户

暴发户，外国也有，叫作 Parvenu 或 nouveau riche，意为新贵新富。这一种人，有鲜明的特征，在人群中自成一格，令人一眼就可以辨认出来。旧戏里有一个小丑曾说过这样的一句话："树小墙新画不古，此人必是内务府。"挖苦暴发户，入木三分。

内务府是前清的一个衙门，掌管大内的财务出纳，以及祭礼、宴飨、膳馐、衣服、赐予、刑法、工作、教习，职务繁杂，组织庞大，下分七司三院，其长官名为总理大臣。凡能厕身其间者，无不被人艳羡，视为肥缺。"三年清知府，十万雪花银"，何况是给皇帝佬儿办总务？经手三分肥，内务府当差的几乎个个暴发。

人在暴发之后，第一桩事多半是求田问舍。锯木头，盖房子，叱咤立办；山节藻棁，玉砌雕栏，亦非难致。唯独想在庭院之中立即拥有三槐五柳，婆娑掩映于朱门绣户之间，则非人力财力所能立即实现。十年树木，还是保守的说法，十年过后也许几株龙柏可以不再需要木架扶持，也许那些七杈八杈韵味毫无的尤加利猛蹿三两丈高。时间没有成熟之前，房子尽管富丽堂皇，堂前也只好放四盆石榴树，几棵夹竹桃，南墙脚摆几盆秋海棠。树，如果有，一定是小的。新盖的房子，墙也一定是新的，丹、青、赭、垩，光艳照人，还没来得及风雨剥蚀，还没来得及接受行人题名、顽童刻画、野狗遗溺。此之谓树小墙新。

暴发户对于室内装潢是相当考究的。进得门来，迎面少不得一个特大号的红地洒金的福字斗方，是倒挂着的，表示福到了。如果一排五个斗方当然更好，那是五福临门。室内灯饰，不比寻常。通常是八盏粗制滥造的仿古宫灯，因为楠木框花毛玻璃已不可得，象牙饰丝线穗更不必说。此外墙上、柱上、梁上、天花板上，还有无数的大大小小的电灯，甚至还有一串串的跑灯、霓虹灯，略似电视综艺节目之豪华场面。墙上也许还挂起一两幅政要亲笔题款的玉照，主人借以对客指点曰："某公厚我，某公厚我。"但是墙上没有画是不行的，乃斥巨资定绘牡丹图，牡丹是五色的，象征五福临门，未放的花苞要多，象征多子多孙，题曰："富贵满堂"。如果这一幅还不够，可再加一幅猫蝶图，或是一幅"鹤鹿同春"，鹤要红顶，鹿要梅花。总之是画不古，顶多也许有一张仇十洲的仕女或是郑板桥的墨竹，好像稍微为古一点点，但是谁愿说穿是真迹还是赝品？

新屋落成而不宴宾客，那简直是衣锦夜行。于是詹吉折简，大张盛筵，席开三桌，座位次序都经过审慎的考虑安排，中间一桌是政界，大小首长；右边一桌是商界，公司大亨；左边一桌只能算是"各界"，非官非商的一些闲杂人等。整套的银器出笼，也许是镀银，光亮耀眼，大型的器皿都是下有保温的热水屉，上有覆罩的碗盖。如果是鸡鸭，碗盖雕塑成鸡鸭形，如果是鱼，则成鱼形。碗足上、筷子上都刻有题字曰"某某自置"。一旁伺候的男女用人，全穿制服，白布长衫旗袍，领口、袖口、下摆还绲着红边。至于席上的珍馐，则殽旅重叠，燔炙满案。客人连声夸好，主人则忙不迭地说："家常便饭不成敬意。"

饭前饭后少不得要引导宾客参观新居，这是宴客的主要项目。先从客厅看起，长廊广庑，敞豁有容，中间是一块大地毯，主人说明是波斯制品，可是很明显的图案不像。几套皮垫大沙发之外，有一套远看像是楠木雕花长案、小几、太师椅之类的古老家具。长案之上有百古架、玉如意、百鹿敦、金钟、玉磬，挤得密密杂杂。小几前面居然还有蓝花白瓷的痰盂。旁边可能有一大箱热带鱼，另一边可能有大型立体音响。至于电视机，那就一定不止一台了。寝室里四壁至少有两面全是镜子，花灯照耀之下，有如置身水晶宫中。高广大床，锦帱绣帐，松软的弹簧床垫像是一大块天使蛋糕。浴缸则像是小型游泳池。书房也有一间，几净窗明，文房四宝罗列井然。书柜里有"廿五史"、百科全书，以及六法全书，一律布面烫金，金光熠熠。后院有温室一间，里面挂着几盆刚开败了的洋兰。众宾客参观完毕，啧啧称赞，可是其中也有一位冷冷地低声地说："这全是邓闲之功！"人问其语出何典，他说："不记得《水浒传》王婆贪贿说风情，有所谓五字诀吗？"众皆粲然，主人也似懂非懂地跟着大家哈、哈、哈。

主人在仰着头打哈哈的时候，脖梗子上明显地露出三道厚厚的肥肉折叠起来的沟痕。大腹便便，虽不至"垂腴尺余"，也够瞧老大半天。"乐然后笑"，心里欢畅，自然就面团团，不时地辗然而笑。常言道："人无横财不富，马无夜草不肥。"横财自何处来？没有人事前知道，只能说是逼人而来，说得玄虚一点便是自来处来。不过事后分析，也可找出一些蛛丝马迹，不会没有因缘。大抵其人投机冒险，而又遭逢时会，遂令竖子暴发。"君子之泽，五世而斩"。暴发户呢？其兴也暴，很可能"眼看他起高楼，眼看他宴宾客，眼看他楼塌了"！

商店礼貌

常听人说起北平商店的伙计接待客人如何的彬彬有礼，一团和气，并且举出许多实例以证明其言之不虚。我是北平人，应知北平事，这一番夸奖的话的确不算是过誉，不过"北平"二字最好改为"北京"，因为大约自从北京改称北平那年以后，北平商店也渐渐起了变化，向若干沿海通商大埠的作风慢慢看齐了。

到瑞蚨祥买绸缎，一进门就可以如入无人之境，照直的往里闯，见楼梯就上，上面自有人点头哈腰，奉茶献烟，陪着聊两句闲天，然后依照主顾的吩咐，支使徒弟东搬一块锦缎，西搬一块丝绒，抖擞满一大台面。任你褒贬挑剔，把嘴撇得瓢儿似的，店伙在一旁只是赔笑脸，不吭一口大气。多买少买，甚至不买，都没有关系，客人扬长而去，伙计恭送如仪。凡是殷实的正派的商店，所用的伙计都是科班学徒出身，从端尿盆捧夜壶起，学习至少三年，才有资格出任艰巨，更磨炼一段时间才能站在柜台后面应付顾客，最后方能晃来晃去地招待来宾。那"和气生财"的作风是后天慢慢熏陶出来的。若是临时招聘的职员，他们的个性自然比较发达，谁还肯承认顾客至上？

从前饭馆的伙计也是训练有素的，大概都是山东人，不是烟台的就是济南的。一进门口就有人起立迎迓："二爷来啦！""三爷来啦！"客人排行第几，他都记得，因为这个古城流动户口很少，而且饭馆顾客喜欢贲临他所习惯去的地方。点菜的时候，跑堂的会插嘴："二爷，别吃虾仁，虾仁不新鲜！"他会提供情报："鲫鱼是才打包的，一斤多重。"一阵磋商之后，恰到好处的菜单拟好了。等菜不来，客人不耐烦拿起筷子敲盘叮当声，在从前这是极严重的事，这表示招待不周。执事先生一听见敲盘声就要亲自出面道歉，随后有人打起门帘让客人看看那位值班跑堂的扛着铺盖走出大门——被辞退了。事实上他是从大门出去又从后门回来了。客人要用什么样的酒，不需开口，跑堂早打了电话给客人平素有交往的酒店："×××街的×二爷在我们这里，送三斤酒来。"二爷惯用的那种多少钱一斤的酒就送来了，没有错。客人临去的时候，由堂口直到账房，一路有人喝送客，像是官府喝道一般。到了后来才有高呼小账若干若干的习惯，不是为了客人听了脸上光彩，是为了小账目公开预备聚在一起大家均分，防止私弊。以后世风日下，如果小账太少，堂倌怪声怪调地报告数目，那就是有意的挖苦了，哪里还有半点礼貌？

不消说，最讲礼貌的是桄厂，桄厂即是制售棺木的商店。给老人家预订寿材，不失为有备无患之举，虽然不是愉快的事，交易的气氛却是愉快之极。掌柜的一团和气，领客去看木板，楠木的、杉木十三圆的，一副一副地看，他不劝你买，不催你买，更不怂恿你多看几具，也不张罗着给你送到府上，只是一味地随和。这真是模范商店！这种商店后来是否也沾染了时代的潮流，是否伙计也是直眉竖眼、冷若冰霜、拒人千里之外就不得而知了。

同仁堂丸散膏丹天下闻名，柜台前永远是里三层外三层的挤满顾客，只消远远地把购药单高高举起，店伙看到单子上密密麻麻，便争着伸手来抢——因为他们的店规是伙计们按照实绩提成计酬。用不着排队，无所谓先来后到，大主顾先伺候，小生意慢慢来，也不是全无秩序。可怜挤在柜台前面的，尽是些闻名而来的乡巴佬！

买东西的人并不希冀什么礼遇，交易而来，成交而返，只要不遭白眼不惹闲气。逐什一之利的人也不必镇日价堆着笑脸，除非他是天生的笑面虎。北平几度沧桑，往日的生活方式早已不可复见。我一听起有人谈到北平人的礼貌，便不免有今昔之感。

礼失而求诸野。在"野"的地方我倒是常受到礼貌的待遇。到银行去取款，行员一个个的都是盛装，男的打着领结，女的花枝招展，点头问讯，如遇故旧。把折子还给你，是用双手拿着递给你，不是老远的像掷铁环似的飞抛给你。如果是星期五，临去时还会祝你有一个快乐的周末，这一声祝语有好大的效力，真能使你有一个快乐的周末，还可能不止一个！有一次在一家杂货店给孩子买一只手表，半月后秒针脱落，不费任何唇舌就换了一只回来，而且店员连声道歉，说明如再出毛病仍可再换或是退款，一点也没有伤了和气。还有一回在超级市场买一个南瓜馅饼，回来切开一看却是苹果馅，也就胡乱吃了下去。过了一个月，又见标签为南瓜的馅饼，便叮问店员是否名副其实的南瓜馅饼，具以过去经验告之。店员不但没有愠意，而且大喜过望，自承以前的确有过一次张冠李戴的失误，只是标签贴错无法查明改正："你是第二个前来指正我们的顾客，无以为敬，谨以这个南瓜馅饼奉赠。"相与呵呵大笑。这样的事随时随处皆可遇到，不算是好人好事，也不算是模范店员，没有人表扬。

为什么在野的地方一般人的表现反倒不野？我想没有方法可以解释，除非是他们的牛奶喝得多，睡觉睡得足。《管子》曰："仓廪实则知礼节，衣食足则知荣辱。"这道理我们早就懂得。

"旁若无人"

在电影院里，我们大概都常遇到一种不愉快的经验。在你聚精会神地静坐着看电影的时候，会忽然觉得身下坐着的椅子颤动起来，动得很匀，不至于把你从座位里掀出去，动得很促，不至于把你颠摇入睡，颤动之快慢疾徐，恰好令你觉得他讨厌。大概是轻微地震吧？左右探察震源，忽然又不颤动了。在你刚收起心来继续看电影的时候，颤动又来了。如果下决心寻找震源，不久就可以发现，毛病大概是出在附近的一位先生的大腿上。他的足尖踏在前排椅撑上，绷足了劲，利用腿筋的弹性，很优游地在那里发抖。如果这拘挛性的动作是由于羊痫风一类的病症的暴发，我们要原谅他，但是不像，他嘴里并不吐白沫。看样子也不像是神经衰弱，他的动作是能收能发的，时作时歇，指挥如意。若说他是有意使前后左右两排座客不得安生，却也不然。全是陌生人无仇无恨，我们站在被害人的立场上看，这种变态行为只有一种解释，那便是他的意志过于集中，忘记旁边还有别人，换言之，便是"旁若无人"的态度。

"旁若无人"的精神表现在日常行为上者不只一端。例如欠伸，原是常事，"气乏则欠，体倦则伸。"但是在稠人广众之中，张开血盆巨口，作吃人状，把口里的獠牙显露出来，再加上伸胳臂伸腿如演太极，那样子就不免吓人。有人打哈欠还带音乐的，其声呜呜然，如吹号角，如鸣警报，如猿啼，如鹤唳，音容并茂，《礼记》："侍坐于君子，君子欠伸，撰杖屦，视日蚤莫，侍坐者请出矣。"是欠伸合于古礼，但亦以"君子"为限，平民岂可援引，对人伸胳臂张嘴，纵不吓人，至少令人觉得你是在逐客，或是表示你自己不能管制自己的肢体。

邻居有叟，平常不大回家，每次归来必令我闻知。清晨有三声喷嚏，不只是清脆，而且洪亮，中气充沛，根据那声音之响我揣测必有异物入鼻，或是有人插入纸捻，那声音撞击在脸盆之上有金石声！随后是大排场的漱口，真是排山倒海，犹如骨鲠在喉，又似苍蝇下咽。再随后是三餐的饱嗝，一串串的嗝声，像是下水道不甚畅通的样子。可惜隔着墙没能看见他剔牙，否则那一份刮垢磨光的钻探工程，场面也不会太小。

这一切"旁若无人"的表演究竟是偶然突发事件，经常令人困扰的乃是高声谈话。在喊救命的时候，声音当然不嫌其大，除非是脖子被人踩在脚底下，但是普通的谈话似乎可以令人听见为度，而无须一定要力竭声嘶地去振聋发聩。生理学家告诉我们，发音的器官是很复杂的，说话一分钟要有九百个动作，有一百块筋肉在弛张，但是大多数人似乎还嫌不足，恨不得嘴上再长一个扩大器。有个外国人疑心我们国人的耳鼓生得异样，那层膜许是特别厚，非扯着脖子喊不能听见，所以说话总是像打架。这批评有多少真理，我不知道。不过我们国人会嚷的本领，是谁也不能否认的。电影场里电灯初灭的时候，总有几声"哎哟，小三儿，你在哪儿那？"在戏院里，演员像是演哑剧，大锣大鼓之声依稀可闻，主要的声音是观众鼎沸，令人感觉好像是置身蛙塘。在旅馆里，好像前后左右都是庙会，不到夜深休想安眠，安眠之后难免没有橡皮底的大皮靴毫无惭愧地在你门前踱来踱去。天未大亮，又有各种市声前来侵扰。一个人大声说话，是本能；小声说话，是文明。以动物而论，狮吼、狼嗥、虎啸、驴鸣、犬吠，即是小如促织、蚯蚓，声音都不算小，都不会像人似的有时候也会低声说话。大概文明程度愈高，说话愈不以声大见长。群居的习惯愈久，愈不容易存留"旁若无人"的幻觉。我们以农立国，乡间地旷人稀，畎亩阡陌之间，低声说一句"早安"是不济事的，必得扯长了脖子喊一声"你吃过饭啦？"可怪的是，在人烟稠密的所在，人的喉咙还是不能缩小。更可异的是，纸驴嗓、破锣嗓、喇叭嗓、公鸡嗓，并不被一般地认为是缺陷，而且麻衣相法还公然地说，声音洪亮者主贵！

叔本华有一段寓言：

> 一群豪猪在一个寒冷的冬天挤在一起取暖；但是他们的刺毛开始互相击刺，于是不得不分散开。可是寒冷又把他们驱在一起，于是同样的事故又发生了。最后，经过几番的聚散。他们发现最好是彼此保持相当的距离。同样的，群居的需要使得人形的豪猪聚在一起，只是他们本性中的带刺的令人不快的刺毛使得彼此厌恶。他们最后发现的使彼此可以相安的那个距离，便是那一套礼貌；凡违犯礼貌者便要受严词警告——用英语来说——请保持相当距离。用这方法，彼此取暖的需要只是相当的满足了；可是彼此可以不至互刺。自己有些暖气的人情愿走得远远的，既不刺人，又可不受人刺。

逃避不是办法。我们只是希望人形的豪猪时常地提醒自己：这世界上除了自己还有别人，人形的豪猪既不止我一个，最好是把自己的大大小小的刺毛收敛一下，不必像孔雀开屏似的把自己的刺毛都尽量地伸张。

穷

人生下来就是穷的，除了带来一口奶之外，赤条条的，一无所有，谁手里也没有握着两个钱。再稍稍长大一点，阶级渐渐显露，有的是金枝玉叶，有的是"杂和面口袋"。但是就大体而论，还是泥巴里打滚袖口上抹鼻涕的居多。儿童玩具本是少得可怜，而大概其中总还免不了一具"扑满"，瓦做的，像是陶器时代的出品，大的小的挂绿釉的都有，间或也有形如保险箱，有铁制的，这种玩具的用意就是警告孩子们，有钱要积蓄起来，免得在饥荒的时候受穷，穷的阴影在这时候就已罩住了我们！好容易过年赚来几块压岁钱，都被骗弄丢在里面了，丢进去就后悔，想从缝里倒出来是万难，用小刀拨也是枉然。积蓄是稍微有一点，穷还是穷。而且事实证明，凡是积在扑满里的钱，除了自己早早下手摔破的以外，大概后来就不知怎样就没有了，很少能在日后发生什么救苦救难的功效。等到再稍稍长大一点，用钱的欲望更大，看见什么都要流涎，手里偏偏是空空如也，那时候真想来一个十月革命。就是富家子也是一样，尽管是绮襦纨袴，他还是恨继承开始太晚。这时候他最感觉穷，虽然他还没认识穷。人在成年之后，开始面对着糊口问题，不但糊自己的口，还要糊附属人员的口。如果脸皮欠厚心地欠薄，再加上祖上是"忠厚传家诗书继世"的话，他这一生就休想能离开穷的掌握，人的一生，就是和穷挣扎的历史。和穷挣扎一生，无论胜利或失败，都是惨。能不和穷挣扎，或于挣扎之余还有点闲工夫做些别的事，那人是有福了。

所谓穷，也是比较而言。有人天天喊穷，不是今天透支，就是明天举债，数目大得都惊人，然后指着身上衣服的一块补丁或是皮鞋上的一条小小裂缝作为他穷的铁证。这是寓阔于穷，文章中的反衬法。也有人量入为出，温饱无虞，可是又担心他的孩子将来自费留学的经费没有着落，于是于自我麻醉中陷入于穷的心理状态。若是西装裤的后方越磨越薄，由薄而破，由破而织，由织而补上一大块布，细针密缝，老远的看上去像是一个圆圆的箭靶（说也奇怪，人穷是先从裤子破起！），那么，这个人可是真有些近于穷了。但是也不然，穷无止境。"大雪纷纷落，我往柴火垛，看你们穷人怎么过！"穷人眼里还有更穷的人。

穷也有好处。在优裕环境里生活着的人，外加的装饰与铺排太多，可以把他的本来面目掩没无遗，不但别人认不清他真的面目，往往对他发生误会（多半往好的方面误会），就是自己也容易忘记自己是谁。穷人则不然，他的褴褛的衣裳等于是开着许多窗户，可以令人窥见他的内容，他的荜门蓬户，尽管是穷气冒三尺，却容易令人发现里面有一个人。人越穷，越靠近他本身的成色，其中毫无夹带藏掖。人穷还可落个清闲，既少"车马驻江干"，更不会有人来求谋事，讣闻请柬都不会常常上门，他的时间是他自己的。穷人的心是赤裸的，和别的穷人之间没有隔阂，所以穷人才最慷慨。金错囊中所余无钱，买房置地都不够，反正是吃不饱饿不死，落得来个爽快，求片刻的快意。此之谓"穷大手"。我们看见过富家弟兄析产的时候把一张八仙桌子劈开成两半，不曾看见两个穷人抢食半盂残羹剩饭。

穷时受人白眼是件常事，狗不也是专爱对着鹑衣百结的人汪汪吗？人穷则颈易缩，肩易耸，头易垂，须发许是特别长得快，擦着墙边逡巡而过，不是贼也像是贼。以这种姿态出现，到处受窘。所以人穷则往往自然的有一种抵抗力出现，是名曰：酸。穷一经酸化，便不复是怕见人的东西。别看我衣履不整，我本来不以衣履见长！人和衣服架子本来是应该有分别的。别看我囊中羞涩，我有所不取；别看我落魄无聊，我有所不为，这样一想，一股浩然之气火辣辣的从丹田升起，腰板自然挺直，胸膛自然凸出，徘徊啸傲，无往不易。在别人的眼里，他是一块茅厕砖——臭而且硬，可是，人穷而不志短者以此，布衣之士而可以傲王侯者亦以此，所以穷酸亦不可厚非，他不得不如此。穷若没有酸支持着，它不能持久。

扬雄有逐贫之赋，韩愈有送穷之文，理直气壮地要与贫穷绝缘，反倒被穷鬼说服，改容谢过肃之上座，这也是酸极一种变化。贫而能逐，穷而能送，何乐而不为？逐也逐不掉，送也送不走，只好硬着头皮甘与穷鬼为伍。穷不是罪过，但也究竟不是美德，值不得夸耀，更不足以傲人。典型的穷人该是颜回，一箪食，一瓢饮，在陋巷，不改其乐。不改其乐当然是很好，箪食瓢饮究竟不大好，营养不足，所以颜回活到三十二岁短命死矣。孔子所说"饭疏食饮水，曲肱而枕之，乐亦在其中矣"。譬喻则可，当真如此就嫌其不大卫生。

洋罪

有些人，大概是觉得生活还不够丰富，于顽固的礼教、愚昧的陋俗、野蛮的禁忌之外，还介绍许多外国的风俗习惯，甘心情愿地受那份洋罪。

例如：宴集茶会之类偶然恰是十三人之数，原是稀松平常之事，但往往就有人把事态扩大，认为情形严重，好像人数一到十三，其中必将有谁虽欲"寿终正寝"而不可得的样子。在这种场合，必定有先知先觉者托故逃席，或临时加添一位，打破这个凶数，又好像只要破了十三，其中人人必然"寿终正寝"的样子。对于十三的恐怖，在某种人中间近已颇为流行。据说，它的来源是外国的。耶稣基督被他的使徒犹大所卖，最后晚餐时便是十三人同席。因此十三成为不吉利的数目。在外国，听说不但宴集之类要避免十三，就是旅馆的号数也常以十二 A 来代替十三。这种近于迷信而且无聊的风俗，移到中国来，则于迷信与无聊之外，还应该加上一个可嗤！

再例如：划火柴给人点纸烟，点到第三人的纸烟时，则必有热心者迫不及待地从旁嘘一口大气，把你的火柴吹熄。一根火柴不准点三支纸烟。据博闻者说，这风俗也是外国的。好像这风俗还不怎样古，就在上次大战的时候，夜晚战壕里的士兵抽烟，如果火柴的亮光延续到能点燃三支纸烟那么久，则敌人的枪弹炮弹必定一齐飞来。这风俗虽"与抗战有关"，但在敌人枪炮射程以外的地方，若不加解释，则仍容易被人目为近于庸人自扰。

又例如：朋辈对饮，常见有碰杯之举，把酒杯碰得当一声响，然后同时仰着脖子往下灌，咕噜咕噜地灌下去，点头咂嘴，踌躇满志。为什么要碰那一下子呢？这又是外国规矩。据说在相当古的时候，而人心即已不古，于揖让酬应之间，就许在酒杯里下毒药，所以主人为表明心迹起见，不得不与客人喝个"交杯酒"，交杯之际，当的一声是难免的。到后来，去古日远，而人心反倒古起来了，酒杯里下毒药的事情渐不多见，主客对饮只需做交杯状，听那当然一响，便可以放心大胆地喝酒了。碰杯之起源，大概如此。在"安全第一"的原则之下，喝交杯酒是未可厚非的。如果碰一下杯，能令我们警惕戒惧，不致忘记了以酒肉相饷的人同时也有投毒的可能，而同时酒杯质料相当坚牢不致磕裂碰碎，那么，碰杯的风俗却也不能说是一定要不得。

大概风俗习惯，总是慢慢养成，所以能在社会通行。如果生吞活剥地把外国的风俗习惯移植到我们的社会里来，则必窒碍难行，其故在不服水土。讲到这里我也有一个具体的而且极端的例子：四月一日，打开报纸一看，皇皇启事一则如下："某某某与某某某今得某某某与某某某先生之介绍及双方家长之同意，订于四月一日在某某处行结婚礼，国难期间一切从简，特此敬告诸亲友。"结婚只是男女两人的事，与别人无关，而别人偏偏最感兴趣。启事一出，好事者奔走相告，更好事者议论纷纷，尤好事者拍电致贺。

四月二日报纸上有更皇皇的启事一则如下："某某某启事，昨为西俗万愚节，友人某某某先生遂假借名义，代登结婚启事一则以资戏弄，此事概属乌有，诚恐淆乱听闻，特此郑重声明。"好事者嗒然若丧，更好事者引为谈助，尤好事者则去翻查百科全书，寻找万愚节之源起。

四月一日为万愚节，西人相给以为乐。其是否为陋俗，我们管不着，其是否把终身大事也划在相给的范围以内，我们亦不得知。我只觉得这种风俗习惯，在我们这国度里，似嫌不合国情。我觉得我们几乎是天天在过万愚节。舞文弄墨之辈，专作欺人之谈，且按下不表，单说市井习见之事，即可见我们平日颇不缺乏相绐之乐。有些店铺高高悬起"言无二价""童叟无欺"的招牌，这就是反映着一般的诳价欺骗的现象。凡是约期取件的商店，如成衣店、洗衣店、照相馆之类，因爽约而使我们徒劳往返的事是很平常的，然对外国人则不然，与外国人约甚少爽约之事。我想这原因大概就是外国人只有在四月一日那一天才肯以相绐为乐，而在我们则一年三百六十五天，随便哪一天都无妨定为万愚节。万愚节的风俗，在我个人，并不觉得生疏，我不幸从小就进洋习甚深的学校，到四月一日总有人伪造文书诈欺取乐，而受愚者亦不以为忤。现在年事稍长，看破骗局甚多，更觉谑浪取笑无伤大雅。不过一定要仿西人所为，在四月一日这一天把说谎普遍化、合理化，而同时在其余的三百六十多天又并不仿西人所为，仍然随时随地地言而无信互相欺诈，我终觉得大可不必。

外国的风俗习惯永远是有趣的，因为异国情调总是新奇的居多。新奇就有趣。不过若把异国情调生吞活剥地搬到自己家里来，身体力行，则新奇往往变成桎梏，有趣往往变成肉麻。基于这种道理，很有些人至今喝茶并不加白糖与牛奶。

请客

常听人说："若要一天不得安，请客；若要一年不得安，盖房；若要一辈子不得安，娶姨太太。"请客只有一天不得安，为害不算太大，所以人人都觉得不妨偶一为之。

所谓请客，是指自己家里邀集朋友便餐小酌，至于在酒楼饭店"铺宴席，陈尊俎"，呼朋引类，飞觞醉月，享用的是金樽清酒，玉盘珍馐，最后一哄而散，由经手人员造账报销，那种宴会只能算是一种病狂或是罪孽，不提也罢。

妇主中馈，所以要请客必须先归而谋诸妇。这一谋，有分教，非十天半月不能获致结论，因为问题牵涉太广，不能一言而决。

首先要考虑的是请什么人。主客当然早已内定，陪客的甄选大费酌量。眼睛生在眉毛上边的宦场中人，吃不饱饿不死的教书匠，一身铜臭的大腹贾，小头锐面的浮华少年……若是聚在一个桌上吃饭，便有些像是鸡兔同笼，非常勉强。把素未谋面的人拘在一起，要他们有说有笑，同时食物都能顺利地从咽门下去，也未免强人所难。主人从中调处，殷勤了这一位，怠慢了那一位，想找一些大家都有兴趣的话题亦非易事。所以客人需要分类，不能鱼龙混杂。客的数目视设备而定，若是能把所有该请的客人一网打尽，自然是经济算盘，但是算盘亦不可打得太精。再大的圆桌面也不过能坐十三四个体态中型的人。说来奇怪，客人单身者少，大概都有宝眷，一请就是一对，一桌只好当半桌用。有人请客宽发笺帖，心想总有几位心领谢谢，万想不到人人惠然肯来，而且还有一位特别要好带来一个七八岁的小宝宝！主人慌忙添座，客人谦让"孩子坐我腿上"！大家挤挤攘攘，其中还不乏中年发福之士，把圆桌围得密不透风，上菜需飞越人头，斟酒要从耳边下注，前排客满，主人在二排敬陪。

拟菜单也不简单。任何家庭都有它的招牌菜，可惜很少人肯用其所长，大概是以平素见过的饭馆酒席的局面作为蓝图。家里有厨师厨娘，自然一声吩咐，不再劳心，否则主妇势必亲自下厨操动刀俎。主人多半是擅长理论，真让他切葱剥蒜都未必能够胜任。所以拟定菜单，需要自知之明，临时"钻锅"翻看食谱未必有济于事。四冷荤，四热炒，四压桌，外加两道点心，似乎是无可再减，大鱼大肉，水陆杂陈，若不能使客人连串地打饱嗝，不能算是尽兴。菜单拟定的原则是把客人一个个地填得嘴角冒油。而客人所希冀的也往往是一场牙祭。有人以水饺宴客，馅子是猪肉菠菜，客人咬了一口，大叫："哟，里面怎么净是青菜！"一般人还是欣赏肥肉厚酒，管它是不是烂肠之食！

　　宴客的吉日近了，主妇忙着上菜市，挑挑拣拣，拣拣挑挑，又要物美又要价廉，装满两个篮子，半途休息好几次才能气喘汗流地回到家。泡的，洗的，剥的，切的，闹哄一两天，然后丑媳妇怕见公婆也不行，吉日到了。客人早已折简相邀，难道还会不肯枉驾？不，守时不是我们的传统。准时到达，岂不像是"头如穹庐咽细如针"的饿鬼？要让主人干着急，等他一催请再催请，然后徐徐命驾，姗姗来迟，这才像是大家风范。当然朋友也有特别性急而提早莅临的，那也使得主人措手不及慌成一团。客人的性格不一样，有人进门就选一个比较好的座位，两脚高架案上，真是宾至如归；也有人寒暄两句就一头扎进厨房，声称要给主妇帮忙，系着围裙伸着两只油手的主妇连忙谦谢不迭。等到客人到齐，无不饥肠辘辘。

　　落座之前还少不了你推我让的一幕。主人指定座位，时常无效，除非事先摆好名牌，而且写上官衔，分层排列，秩序井然。敬酒按说是主人的责任，但是也时常有热心人士代为执壶，而且见杯即斟，每斟必满。不知是什么时候什么人兴出来的陋习，几乎每个客人都会双手举杯齐眉，对着在座的每一位客人敬酒，一瞬间敬完一圈，但见杯起杯落，如"兔儿爷捣碓"。不喝酒的也要把汽水杯子高高举起，虚应故事，喝酒的也多半是狞眉皱眼地抿那么一小口。一大盘热乎乎的东西端上来了，像翅羹，又像糨糊，一人一勺子，盘底花纹隐约可见，上面撒着的一层芫荽不知被哪一位像芟除毒草似的拨到了盘下，又不知被哪一位从盘下夹到嘴里吃了。还有人坚持海味非蘸醋不可，高呼要醋，等到一碟"忌讳"送上台面，海味早已不见了。菜是一道道地上，上一道客人喊一次"太丰富，太丰富"，然后埋头大嚼，不敢后人。主人照例谦称："不成敬意，家常便饭。"心直口快的客人就许提出疑问："这样的家常便饭，怕不要吃穷了？"主人也只好扑哧一笑而罢。将近尾声的时候，大概总有一位要先走一步，因为还有好几处应酬。这时主妇踱了进来，红头涨脸，额角上还有几颗没揩干净的汗珠，客人举起空杯向她表示慰劳之意，她坐下胡乱吃一些残羹剩炙。

席终，香茗、水果伺候，客人靠在椅子上剔牙，这时节应该是客去主人安了。但是不，大家雅兴不浅，谈锋尚健，饭后磕牙，海阔天空，谁也不愿首先言辞，致败人意。最后大概是主人打了一个哈欠而忘了掩口，这才有人提议散会。天下无不散之筵席，奈何奈何？不要以为席终人散，立即功德圆满，地上有无数的瓜子皮、纸烟灰，桌上杯盘狼藉，厨房里有堆成山的盘杯锅勺，等着你办理善后！

守时

《史记》卷五十五《留侯世家》，记载圯上老人授书张良的故事，甚为生动：

"后五日平明，与我会此。"良因怪之，跪曰："诺。"五日平明，良往。父已先在，怒曰："与老人期，后，何也？"去，曰："后五日早会。"五日鸡鸣，良往。父又先在，复怒曰："后，何也？"去，曰："后五日复早来。"五日，良夜未半往。有顷，父亦来，喜曰："当如是。"

老人与良约会三次。第一次平明为期，平明就是天刚亮，语义相当含糊，天亮到什么程度才算是平明，本难确定。"东方未明"是一阶段,"东方未晞"又是一阶段,等到东方天际泛鱼肚色则又是一阶段。良平明往,未落日出之后,就不算是迟到。老人发什么脾气?说什么"与老人期"之倚老卖老的话?第二次约,时间更不明确,只说早一点去。良鸡鸣往,"鸡既鸣矣",就是天明以前的一刹那,事实上已经提早到达,还嫌太晚。第三次良夜未半往,夜未半即是午夜之前,这一次才满老人意。既然如此,为什么不早明说,虽然这是老人有意测验年轻人的耐性,但也不必这样蛮不讲理地折磨人。有人问我,假如遇见这样的一个老人做何感想,我说我愿效禅师的说法:"大喝一声,一棒打杀!"

　　黄石公的故事是神话。不过守时却是古往今来文明社会共有的一个重要的道德信念。远古的时候问题简单,日出而作,日入而息,根本没有精确的时间观念,而且人与人要约的事恐怕也不太多。《易·系辞》所谓"日中为市,致天下之民,聚天下之货,交易而退,各得其所",不失为大家在时间上共立的一个标准,晚近的庙会市集,也还各有其约定俗成的时期规格。自从有了漏刻,分昼夜为百刻,一天之内才算有正确时间可资遵循。周有挈壶氏,自唐至清有挈壶正,是专管时间的官员。沙漏较晚,制在元朝。到了近年,也还有放午炮之说。现代的准确计时之器,如钟表之类,则是明代的舶来品,"明万历二十八年,大西洋人利玛窦来献自鸣钟"(《续通考·乐考》),嗣后自鸣钟在国内就大行其道。我小时候在三贝子花园畅观楼内，尚及见清朝洋人所贡各式各样的自鸣钟，金光灿烂，洋洋大观。在民间几乎家家案上正中央都有一架自鸣钟，用一把钥匙上弦，昼夜按时刻叮叮当当地响。外国人家墙上常见的鹧鸪钟，一只小鸟从一个小门跳出来报时，在国内尚比较少见。好像我们老一辈的中国人特别喜爱钟表，除了背心上特缝好几个小衣袋专放怀表之外，比较富裕的人家墙上还常有一个硬木螺钿玻璃门的表柜，里面挂着二三十只形形色色的表，金的、银的、景泰蓝的、闷壳的，甚至背面壳里藏有活动秘戏图的，非如此不足以餍其收藏癖。至于如今的手表（实际是腕表）则高官大贾以至贩夫走卒无不备有一只了。

普遍的有了计时的工具，若是大家不知守时，又有何用？普通的衙门机关之类都定有办公时间，假如说是八点开始，到时候去看看，就会知道那是怎么一回事。大抵较低级的人员比较守时，虽然其中难免有几位忙着在办事桌上吃豆浆油条。首长及高级人员大概就姗姗来迟了，他们还有一套理由，只有到了十点左右，办稿拟稿逐层旅行的公文才能到达他们手里，早去了没有用。至于下班的时间，则大家多半知道守时，眼巴巴地望着时钟，谁也不甘落后。

和民众接触最频繁的莫过于银行邮局，可是在门前逡巡好久，进门烧头炷香的顾客不见得立刻就能受理，往往还要伫候一阵子，因为柜台后面的先生小姐可能很忙，忙着打开保险柜，忙着搬运文件，忙着清理卡片，忙着数钞票，忙着调整戳印，甚至于忙着泡茶，件件都需要时间。顾客们要少安毋躁。

朋友宴客，有一两位照例迟到，一碟瓜子大家都快嗑完了，主人急得团团转，而那一两位客偏不来。按说"后至者诛"才是正理，但是后至者往往正是主客或者贵宾，所以必须虚上席以待。旧日戏园演戏，只有两盏汽油灯为照明之具，等到名角出台亮相，则几十盏电灯一齐照耀，声势非凡。有迟到之癖的客人大概是以名角自居，迟到之后不觉得歉然，反倒有得色。而迟到人可能还要早退，表示另有一处要应酬，也许只是虚晃一招，实际是回家吃碗蛋炒饭。

要守时，但不一定要分秒不差，那就是苛求了。但也不能距约定时间太远。甲欲访乙，先打电话过去商洽，这是很有礼貌的行为，甲问什么时候驾临，乙说马上就去。问题就出在这"马上"二字，甲忘了询问是什么马，是"竹披双耳峻，风入四蹄轻"的胡马，还是"皮干剥落，毛暗萧条"的瘦马，是练习纵跃用的木马，还是渡过了康王的泥马。和人相约，害得对方久等，揆诸时间即生命之说，岂是轻轻一声抱歉所能赎其罪愆？

守时不是容易事，要精神总动员。要不要先整其衣冠，要不要携带什么，要不要预计途中有多少红灯，都要通过大脑盘算一下。迟到固然不好，早到亦非万全之策，早到给自己找烦恼，有时候也给别人以不必要的窘。黄石公那段故事是例外，不足为训。记得莎士比亚有一句戏词："赴情人约，永远是早到。"情人一心一意在对方身上，不肯有分秒的延误，同时又怕对方忍受枯守之苦，所以"月上柳梢头，人约黄昏后"，老早就去等着，"拂墙花影动，疑是玉人来"了。

我们能不能推爱及于一切邀约，大家都守时？

沉默

我有一位沉默寡言的朋友。有一回他来看我，嘴边绽出微笑，我知道那就是相见礼，我肃客入座，他欣然就席。我有意要考验他的定力，看他能沉默多久，于是我也打破我的习惯，我也守口如瓶。二人默对，不交一语，壁上的时钟嘀嗒嘀嗒的声音特别响。我忍耐不住，打开一听香烟递过去，他便一支接一支地抽了起来，吧嗒吧嗒之声可闻。我献上一杯茶，他便一口一口地翕呷，左右顾盼，意态萧然。等到茶尽三碗，烟罄半听，主人并未欠伸，客人兴起告辞，自始至终没有一句话。这位朋友，现在已归道山，这一回无言造访，我至今不忘。想不到"闻所闻而来，见所见而去"的那种六朝人的风度，于今之世，尚得见之。

明张鼎思《琅琊代醉编》有一段记载："刘器之待制对客多

默坐，往往不交一谈，至于终日。客意甚倦，或谓去，辄不听，至留之再三。有问之者，曰：'人能终日危坐，而不欠伸欹侧，盖百无一二，其能之者必贵人也。'以其言试之，人皆验。"可见对客默坐之事，过去亦不乏其例。不过所谓"主贵"之说，倒颇耐人寻味。所谓贵，一定要有一副高不可攀的神情，纵然不拒人千里之外，至少也要令人生莫测高深之感，所以处大居贵之士多半有一种特殊的本领，两眼望天，面部无表情，纵然你问他一句话，他也能听若无闻，不置可否。这样的人，如何能不贵？因为深沉的外貌，正好掩饰内部的空虚，这样的人最宜于摆在朝堂之上。《孔子家语》明明地写着，孔子"入太祖后稷之庙，庙堂右阶之前有金人焉，三缄其口，而铭其背曰：'古之慎言人也'。"这庙堂右阶的金人，不是为市井细民做榜样的。

睿谔之臣，骨鲠在喉，一吐为快，其实他是根本负有净谏之责，并不是图一时之快。鸡鸣犬吠，各有所司，若有言官而钳口结舌，宁不有愧于鸡犬？至于一般的仁人君子，没有不愤世忧时的，其中大部分悃愊无言，但间或也有"宁鸣而死，不默而生"的人，这样的人可使当世的人为之感喟，为之击节，他不能全名养寿，他只能在将来历史上享受他应得的清誉罢了。在有"不发言的自由"的时候而甘愿放弃这一项自由，这也是个人的自由。在如今这个时代，沉默是最后的一项自由。

有道之士，对于尘劳烦恼早已不放在心上，自然更能欣赏沉默的境界。这种沉默，不是话到嘴边再咽下去，是根本没话可说，所谓"知者不言，言者不知"。世尊在灵山会上，拈花示众，众皆寂然，唯迦叶破颜微笑，这会心微笑胜似千言万语。莲池大师说得好："世间酲醲醇醴，藏之弥久而弥美者，皆繇封锢牢密不泄气故。古人云，'二十年不开口说话，向后佛也奈何你不得。'旨哉言乎！"二十年不开口说话，也许要把口闷臭，但是语言道断之后，性水澄清，心珠自现，没有饶舌的必要。基督教Carthusian 教派也是以沉默静居为修行法门，经常彼此不许说话。"此中有真意，欲辩已忘言。"

庄子说："吾安得夫忘言之人，而与之言哉？"现在想找真正懂得沉默的朋友，也不容易了。

聋

我写过一篇《聋》。近日聋且益甚。英语形容一个聋子，"聋得像是一根木头柱子""像是一条蛇""像是一扇门""像是一只甲虫""像是一只白猫"。我尚未聋得像一根木头柱子或一扇门那样。蛇是聋的，我听说过，弄蛇者吹起笛子就能引蛇出洞，使之昂首而舞，不是蛇能听，是它能感到音波的震动。甲虫是否也聋，我不大清楚。我知道白猫是绝对不聋的。我们家的白猫王子，岂但不聋，主人回家时房门钥匙转动作响，它就会竖起耳朵蹿到门前来迎。我喊它一声，它若非故意装聋，便立刻回答我一声，我虽然听不见它的答声，我看得见它因作答而肚皮微微起伏。猫不聋，猫若是聋，它怎能捉老鼠，它叫春做啥？

我虽然没有全聋，可是也聋得可以。我对于铃声特别的难于听得入耳。普通的闹钟，响起来如蚊鸣，焉能唤醒梦中人。菁清给我的一只闹钟，铃声特大，足可以振聋发聩。我把它放在枕边。说也奇怪，自从有了这个闹钟，我还不曾被它闹醒过一次。因为我心里记挂着它，总是在铃响半小时之前先已醒来，急忙把闹钟关掉。我的心里有一具闹钟。里外两具闹钟，所以我一向放心大胆地睡觉，不虞失时。

门铃就不同了。我家门铃不是普通一按就嗞嗞响的那种，也不是像八音盒似的那样叮叮当当的奏乐，而是一按就啾啾啾啾如鸟鸣。自从我家的那只画眉鸟死了之后，我久矣夫不闻爽朗的鸟鸣。如今门铃啾啾叫，我根本听不见。客人猛按铃，无人应，往往废然去。如果来客是事前约好的，我就老早在近门处恭候，打开大门，还有一层纱门，隔着纱门看到人影幢幢，便去开门迎客。"老聃之弟子，有亢仓子者，得聃之道，能以耳视而目听。"（《列子·仲尼》）耳视我办不到，目听则庶几近之。客人按铃，我听不见铃响，但是我看见有人按铃了。

电话对我又是一个难题。电话铃没有特大号的，而且打电话来的朋友大半都性急，铃响三五声没人应，他就挂断，好像人人都该随时守着电话机听他说话似的。凡是电话来，未必有好消息，也未必有什么对我有利之事。但是朋友往还，何必曰利？有人在不愿接电话的时间内，拔掉插头，铃就根本不会响。我狠不下这份心。无可奈何，我装上几个分机，书桌上、枕边、饭桌旁、客厅里。尽管如此，有时还是听不到铃响，俟听到时对方不耐烦而挂断了。

有一位好心的读者写信来说："先生不必为聋而烦恼，现在有一种新的办法，门铃或电话机上都可以装置一盏红色电灯泡，铃响同时灯亮。"我十分感谢这位读者对我的关怀。这也是以目代耳的办法，我准备采纳。不过较根本解决的办法，是大家体恤我的耳聋，不妨常演王徽之雪夜访戴的故事，而我亦绝不介意门可罗雀的景况之出现。需要一通情愫的时候，假纸笔代喉舌，写个三行五行的短笺，岂不甚妙？我最向往六朝人的短札，寥寥数语，意味无穷。

朋友们时常安慰我说："耳聋焉知非福？首先，这年头儿噪音太多，轰隆轰隆的飞机响，呼啸而过的汽车机车声，吹吹打打的丧车行列，噼噼啪啪的鞭炮，街头巷尾装扩音器大吼的小贩，舍前舍后成群结队的儿童锐声尖叫——这些噪音不听也罢，落得耳根清净。"话是不错，不过我尚无这么大的福分，尚未到泰山崩于前而不动声色的地步，种种噪音还是多多少少使我心烦。饶是我聋，我还向往古人帽子上簪笄两端悬着两块充耳琇莹，多少可以挡住一点噪音。

"人嘴两张皮"，最好蜚短流长，造谣生事，某某畸恋，某某婚变，某某逃亡，某某犯案，凡是报纸上的社会新闻都会说得如数家珍。这样长舌的人到处都有，令人听了心烦，你听不见也就罢了，你没有多少损失。至少有人骂你，挖苦你，讽刺你，你充耳不闻，当然也就不会计较，也就不会耿耿于怀，省却许多烦恼。别人议论我，我是听不见，可是我知道他在议论我，因为他斜着眼睛睨视我的那副神气不能使我没有感觉。而且我知道他所议论的话，大概是谑而不虐，无伤大雅的，因为他议论风生的时候嘴角常是挂着一丝微笑，不可能含有多少恶意。何况这年头儿，难得有人肯当面骂人，凡是恶言恶语多半是躲在你背后说。所以，聋固然听不见人骂，不聋，也听不见。

有人劝我学习唇读法，看人的嘴唇怎样动就可以知道他说的是什么话。假如学会了唇读，我想也有麻烦，恐怕需要整天的睁一眼闭一眼，否则凡是嘴唇动的人你都会以目代耳，岂不烦死人？耳根刚得清净，眼根又不得安宁了。"吉人之辞寡，躁人之辞多"。难得遇到吉人，不如索性安于聋聩。

安于聋聩亦非易事。因为大家习惯了把我当作一个耳聪的人，并且不习惯于和一个聋子相处。看人嘴唇动，我可不敢唯唯诺诺，因为何时宜唯唯，何时宜诺诺，其间大有讲究。我曾经一律以点头称是来应付，结果闹出很尴尬的场面。我发现最好的应付方法是面部无表情，作白痴状。瞎子常戴黑眼镜，走路时以手杖探地，人人知道他是瞎子，都会躲着他。聋子没有标志，两只耳朵好好的，不像是什么零件出了毛病的人。还有热心人士会附在我耳边窃窃私语，其实叽叽喳喳的耳语我更听不见，只觉得一口口的唾沫星子喷在我的脸上，而且只好听其自干。

女人

　　有人说女人喜欢说谎。假如女人所捏撰的故事都能抽取版税，便很容易致富。这问题在什么叫作说谎。若是运用小小的机智，打破眼前小小的窘僵，获取精神上小小的胜利，因而牺牲一点点真理，这也可以算是说谎，那么，女人确是比较的富于说谎的天才。有具体的例证。你没有陪过女人买东西吗？尤其是买衣料，她从不干干脆脆地说要做什么衣，要买什么料，准备出多少钱。她必定要东挑西拣，翻天覆地，同时口中念念有词，不是嫌这匹料子太薄，就是怪那匹料子花样太旧，这个不禁洗，那个不禁晒，这个缩头大，那个门面窄，批评得人家一文不值。其实，满不是这么一回事，她只是嫌价码太贵而已！如果价钱便宜，其他的缺点全都不成问题，而且本来不要买的也要购储起来。一个女人若是因为炭贵而不生炭盆，她必定对人解释说："冬天生炭盆最不卫生，到春天容易喉咙痛！"屋顶渗漏，塌下盆大的灰泥，在未修补之前，女人便会向人这样解释："我预备在这地方安装电灯。"自己上街买菜的女人，常常只承认散步和呼吸新鲜空气是她上市的唯一理由。艳羡汽车的女人常常表示她最厌恶汽油的臭味。坐在中排看戏的女人常常说前排的头等座位最不舒适。一个女人馈赠别人，必说："实在买不到什么好的……"其实这东西根本不是她买的，是别人送给她的。一个女人表示愿意陪你去上街走走，其实是她顺便要买东西。总之，女人总欢喜拐弯抹角的，放一个小小的烟幕，无伤大雅，颇占体面。这也是艺术，王尔德不是说过"艺术即是说谎"吗？这些例证还只是一些并无版权的谎话而已。

女人善变，多少总有些哈姆雷特式，拿不定主意；问题大者如离婚结婚，问题小者如换衣换鞋，都往往在心中经过一读二读三读，决议之后再复议，复议之后再否决，女人决定一件事之后，还能随时做一百八十度的大转弯，做出那与决定完全相反的事，使人无法追随。因为变得急速所以容易给人以"脆弱"的印象。莎士比亚有一名句："'脆弱'呀，你的名字叫作'女人！'"但这脆弱，并不永远使女人吃亏。越是柔韧的东西越不易摧折。女人不仅在决断上善变，即便是一个小小的别针位置也常变，午前在领扣上，午后也许移到了头发上。三张沙发，能摆出若干阵势；几根头发，能梳出无数花头，讲到服装，其变化之多，常达到荒谬的程度。外国女人的帽子，可以是一根鸡毛，可以是半只铁锅，或是一个畚箕。中国女人的袍子，变化也就够多，领子高的时候可以使她像一只长颈鹿，袖子短的时候恨不得使两腋生风，至于纽扣盘花，滚边镶绣，则更加是变幻莫测。"上帝给她一张脸，她能另造一张出来。""女人是水做的"，是活水，不是止水。

女人善哭。从一方面看，哭常是女人的武器，很少人能抵抗她这泪的洗礼。俗语说："一哭二睡三上吊"，这一哭确实其势难当。但从另一方面看，哭也常是女人的内心的"安全瓣"。女人的忍耐的力量是伟大的，她为了男人，为了小孩，能忍受难堪的委曲。女人对于自己的享受方面，总是属于"斯多亚派"的居多。男人不在家时，她能立刻变成素食主义者，火炉里能爬出老鼠，开电灯怕费电，再关上又怕费开关。平素既已极端刻苦，一旦精神上再受刺激，便忍无可忍，一腔悲怨天然地化作一把把的鼻涕眼泪，从"安全瓣"中汩汩而出，腾出空虚的心房，再来接受更多的委曲。女人很少破口骂人（骂街便成泼妇，其实甚少），很少揎袖挥拳，但泪腺就比较发达。善哭的也就常常善笑，眯眯地笑，哧哧地笑，咯咯地笑，哈哈地笑，笑是常驻在女人脸上的，这笑脸常常成为最有效的护照。女人最像小孩，她能为了一个滑稽的姿态而笑得前仰后合，肚皮痛，淌眼泪，以至于翻筋斗！哀与乐都像是常川有备，一触即发。

女人的嘴，大概是用在说话方面的时候多。女孩子从小就往往口齿伶俐，就是学外国语也容易朗朗上口，不像嘴里含着一个大舌头。等到长大之后，三五成群，说长道短，声音脆，嗓门高，如蝉噪，如蛙鸣，真当得好几部鼓吹！等到年事再长，万一堕入"长舌"型，则东家长，西家短，飞短流长，搬弄多少是非，惹出无数口舌；万一堕入"喷壶嘴"型，则琐碎繁杂，絮聒唠叨，一件事要说多少回，一句话要说多少遍，如喷壶下注，万流齐发，挡者披靡，不可向迩！一个人给他的妻子买一件皮大衣，朋友问他："你是为使她舒适吗？"那人回答说："不是，为使她少说些话！"

女人胆小，看见一只老鼠而当场昏厥，在外国不算是奇闻。中国女人胆小不致如此，但是一声霹雷使得她拉紧两个老妈子的手而仍战栗不止，倒是确有其事。这并不是做作，并不是故意在男人面前作态，使他有机会挺起胸脯说："不要怕，有我在！"她是真怕。在黑暗中或荒僻处，没有人，她怕；万一有人，她更怕！屠牛宰羊，固然不是女人的事，杀鸡宰鱼，也不是不费手脚。胆小的缘故，大概主要的是体力不济。女人的体温似乎较低一些，有许多女人怕发胖而食无求饱，营养不足，再加上怕臃肿而衣裳单薄，到冬天瑟瑟打战，袜薄如蝉翼，把小腿冻得成"浆米藕"色，两只脚放在被里一夜也暖不过来，双手捧热水袋，从八月捧起，捧到明年五月，还不忍释手。抵抗饥寒之不暇，焉能望其胆大。

女人的聪明，有许多不可及处，一根棉线，一下子就能穿入针孔，然后一下子就能在线的尽头处打上一个结子，然后扯直了线在牙齿上砰砰两声，针尖在头发上擦抹两下，便能开始解决许多在人生中并不算小的苦恼，例如缝上衬衣的扣子，补上袜子的破洞之类。至于几根篾棍，一上一下地编出多少样物事，更是令人叫绝。有学问的女人，创辟"沙龙"，对任何问题能继续谈论至半小时以上，不但不令人入睡，而且令人疑心她是内行。

男人

男人令人首先感到的印象是脏！当然，男人当中亦不乏刷洗干净洁身自好的，甚至还有油头粉面衣冠楚楚的，但大体讲来，男人消耗肥皂和水的数量要比较少些。某一男校，对于学生洗澡是强迫的，入浴签名，每周计核，对于不曾入浴的初步惩罚是宣布姓名，最后的断然处置是定期强迫入浴，并派员监视，然而日久玩生，签名簿中尚不无浮冒情事。有些男人，西装裤尽管挺直，他的耳后脖根，土壤肥沃，常常宜于种麦！袜子手绢不知随时洗涤，常常日积月累，到处塞藏，等到无可使用时，再从那一堆污垢存货当中拣选比较干净的去应急。有些男人的手绢，拿出来硬像是土灰面制的百果糕，黑乎乎黏成一团，而且内容丰富。男人的一双脚，多半好像是天然的具有泡菜霉干菜再加糖蒜的味道，所谓"濯足万里流"是有道理的，小小的一盆水确是无济于事，然而多少男人却连这一盆水都吝而不用，怕伤元气。两脚既然如此之脏，偏偏有些"逐臭之夫"喜于脚上藏垢纳污之处往复挖掘，然后嗅其手指，引以为乐！多少男人洗脸都是专洗本部，边疆一概不理，洗脸完毕，手背可以不湿，有的男人是在结婚后才开始刷牙。"扪虱而谈"的是男人。还有更甚于此者，曾有人当众搔背，结果是从袖口里面摔出一只老鼠！除了不可挽救的脏相之外，男人的脏大概是由于懒。

对了！男人懒。他可以懒洋洋地坐在旋椅上，五官四肢，连同他的脑筋（假如有），一概停止活动，像呆鸟一般；"不闻夫博弈者乎……"那段话是专对男人说的。他若是上街买东西，很少时候能令他的妻子满意，他总是不肯多问几家，怕跑腿，怕费话，怕讲价钱。什么事他都嫌麻烦，除了指使别人替他做的事之外，他像残废人一样，对于什么事都愿坐享其成，而名之曰"室家之乐"。他提前养老，至少提前三二十年。

紧毗连着"懒"的是"馋"。男人大概有好胃口的居多。他的嘴，用在吃的方面的时候多，他吃饭时总要在菜碟里发现至少一英寸见方半英寸厚的肉，才能算是没有吃素。几天不见肉，他就喊："嘴里要淡出鸟儿来！"若真个三月不知肉味，怕不要淡出毒蛇猛兽来！有一个人半年没有吃鸡，看见了鸡毛帚就流涎三尺。一餐盛馔之后，他的人生观都能改变，对于什么都乐观起来。一个男人在吃一顿好饭的时候，他脸上的表情硬是在感谢上天待人不薄；他饭后衔着一根牙签，红光满面，硬是觉得可以骄人。主中馈的是女人，修食谱的是男人。

男人多半自私。他的人生观中有一基本认识，即宇宙一切均是为了他的舒适而安排下来的。除了在做事赚钱的时候不得不忍气吞声地向人奴膝婢颜外，他总是要做出一副老爷相。他的家便是他的国度，他在家里称王。他除了为赚钱而吃苦努力外，他是一个"伊比鸠派"，他要享受。他高兴的时候，孩子可以骑在他的颈上，他引颈受骑，他可以像狗似的满地爬；他不高兴时，他看着谁都不顺眼，在外面受了闷气，回到家里来加倍地发作。他不知道女人的苦处。女人对于他的殷勤委曲，在他看来，就如同犬守户、鸡司晨一样的稀松平常，都是自然现象。他说他爱女人，其实他不爱，是享受女人。他不问他给了别人多少，但是他要在别人身上尽量榨取。他觉得他对女人最大的恩惠，便是把赚来的钱全部或部分拿回家来，但是当他把一卷卷的钞票从衣袋里掏出来的时候，他的脸上的表情是骄傲的成分多，亲爱的成分少，好像是在说："看我！你行吗？我这样待你，你多幸运！"他若是感觉到这家不复是他的乐园，他便有多样的借口不回到家里来。他到处云游，他另辟乐园。他有聚餐会，他有酒会，他有桥会，他有书会、画会、棋会，他有夜会，最不济的还有个茶馆。他的享乐的方法太多。假如轮回之说不假，下世侥幸依然投胎为人，很少男人情愿下世做女人的。他总觉得这一世生为男身，而享受未足，下一世要继续努力。

"群居终日，言不及义"，原是人的通病，但是言谈的内容，却男女有别。女人谈的往往是："我们家的小妹又病了！""你们家每月开销多少？"之类。男人谈的是另一套，普通的方式，男人的谈话，最后不谈到女人身上便不会散场。这一个题目对男人最有兴味。如果有一个桃色案他们唯恐其和解得太快。他们好议论人家的隐私，好批评别人的妻子的性格相貌。"长舌男"是到处有的，不知为什么这名词尚不甚流行。

中年

　　钟表上的时针是在慢慢地移动着的，移动得如此之慢，使你几乎感觉不到它的移动。人的年纪也是这样的，一年又一年，总有一天你会蓦然一惊，已经到了中年；到这时候大概有两件事使你不能不注意。讣闻不断地来，有些性急的朋友已经先走一步，很煞风景；同时又会忽然觉得一大批一大批的青年小伙子在眼前出现，从前也不知是在什么地方藏着的，如今一齐在你眼前摇晃，磕头碰脑的尽是些昂然阔步满面春风的角色，都像是要去吃喜酒的样子。自己的伙伴一个个地都入蛰了，把世界交给了青年人。所谓"耳畔频闻故人死，眼前但见少年多"，正是一般人中年的写照。

　　从前杂志背面常有"韦廉士红色补丸"的广告，画着一个憔悴的人，弓着身子，手扶在腰上，旁边注着"图中寓意"四字。那寓意对于青年人是相当深奥的。可是这幅图画都常在一般中年人的脑里涌现，虽然他不一定想吃"红色补丸"，那点寓意他是明白的了。一根黄松的柱子，都有弯曲倾斜的时候，何况是二十六块碎骨头拼凑成的一条脊椎？年轻人没有不好照镜子的，在店铺的大玻璃窗前照一下都是好的，总觉得大致上还有几分姿色。这顾影自怜的习惯逐渐消失，以至于有一天偶然揽镜，突然发现额上刻了横纹，那线条是显明而有力，像是吴道子的"莼菜描"，心想那是抬头纹，可是低头也还是那样，再一细看头顶上的头发有搬家到腮旁额下的趋势，而最令人触目惊心的是，鬓角上发现几根白发，这一惊非同小可，平夙一毛不拔的人到这时候也不免要狠心地把它拔去，拔毛连茹，头发根上还许带着一颗鲜亮的肉珠。但是没有用，岁月不饶人！

　　一般的女人到了中年，更着急。哪个年轻女子不是饱满丰润得像一颗牛奶葡萄，一弹就破的样子？哪个年轻女子不是玲珑矫健得像一只燕子，跳动得那么轻灵？到了中年，全变了。曲线还存在，但满不是那么回事，该凹入的部分变成了凸出，该凸出的部分变成了凹入，牛奶葡萄要变成金丝蜜枣，燕子要变鹌鹑。最暴露在外面的是一张脸，从"鱼尾"起皱纹撒出一面网，纵横辐辏，疏而不漏，把脸逐渐织成一幅铁路线最发达的地图，脸上的皱纹已经不是熨斗所能烫得平的，同时也不知怎么在皱纹之外还常常加上那么多的苍蝇屎。所以脂粉不可少。除非粪土之墙，没有不可圬的道理。在原有的一张脸上再罩上一张脸，本是最简便的事。不过在上妆之前、下妆之后，容易令人联想起《聊斋志异》的那一篇《画皮》而已。女人的肉好像最禁不起地心的吸力，一到中年便一齐松懈下来往下堆摊，成堆的肉挂在脸上，挂在腰边，挂在踝际。听说有许多西洋女子用擀面杖似的一根棒子早晚浑身乱搓，希望把浮肿的肉压得结实一点；又有些人干脆忌食脂肪忌食淀粉，扎紧裤带，活生生地把自己"饿"回青春去。有多少效果，我不知道。

别以为人到中年，就算完事。不，譬如登临，人到中年像是攀跻到了最高峰，回头看看，一串串的小伙子正在"头也不回呀，汗也不揩"地往上爬。再仔细看看，路上有好多块绊脚石，曾把自己磕碰得鼻青脸肿，有好多处陷阱，使自己做了若干年的井底之蛙。回想从前，自己做过扑灯蛾，惹火焚身；自己做过撞窗户纸的苍蝇，一心想奔光明，结果落在粘苍蝇的胶纸上！这种种景象的观察，只有站在最高峰上才有可能。向前看，前面是下坡路，好走得多。

施耐庵《水浒传》序云："人生三十未娶，不应再娶；四十未仕，不应再仕。"其实"娶""仕"都是小事，不娶不仕也罢，只是这种说法有点中途弃权的意味，西谚云："人的生活在四十开始。"好像四十以前，不过是几出配戏，好戏都在后面。我想这与健康有关。吃窝头米糕长大的人，拖到中年就算不易，生命力已经蒸发殆尽。这样的人焉能再娶？何必再仕？服"维他赐保命"都嫌来不及了。我看见过一些得天独厚的男男女女，年轻的时候愣头愣脑的，浓眉大眼，生僵挺硬，像是一些又青又涩的毛桃子，上面还带着挺长的一层毛。他们是未经琢磨过的璞石。可是到了中年，他们变得润泽了，容光焕发，脚底下像是有了弹簧，一看就知道是内容充实的。他们的生活像是在饮窖藏多年的陈酿，浓而芳洌！对于他们，中年没有悲哀。

四十开始生活，不算晚，问题在"生活"二字如何诠释。如果年届不惑，再学习溜冰踢毽子放风筝，"偷闲学少年"，那自然有如秋行春令，有点勉强。半老徐娘，留着刘海，躲在茅房里穿高跟鞋当作踩高跷般地练习走路，那也是惨事。中年的妙趣，在于相当地认识人生，认识自己，从而做自己所能做的事，享受自己所能享受的生活。科班的童伶宜于唱全本的大武戏，中年的演员才能担得起大出的轴子戏，只因他到中年才能真懂得戏的内容。

胖

罗马的凯撒大帝，看见那面如削瓜的卡西乌斯，偷偷摸摸的，神头鬼脑的，逡巡而去，便叹息说："我愿在我面前盘旋的都是些胖子；头发梳得光光的，到夜晚睡得着觉的人，那个卡西乌斯有瘦削而恶狠的样子；他心眼儿太多了：这种人是危险的。"

这是文学上有名的对胖子的歌颂。和胖子在一起，好像是安全，软乎乎的，碰一下也不要紧；和瘦子在一起便有不同的感觉，看那瘦骨嶙峋的样子，好像是磕碰不得，如果碰上去，硬碰硬，彼此都不好受。凯撒大帝的性命与事业，到头来败于卡西乌斯之手，这几句倒好像是有先见之明。

胖子大部分脾气好，这其间并无因果关系。胖子之所以胖，一定是吃得饱睡得着之故。胖子一定好吃，不好吃如何能"催肥"？胖子从来没有在床上辗转反侧的，纵然意欲胡思乱想也没有时间，头一着枕便鼾声大作了。所谓"心广体胖"，应该说，心广则万事不挂心头，则吃得饱，则睡得着，则体胖，同时脾气好。

胖子也有心眼窄的。我就认识一位胖子，很胖的胖子，人皆以"胖子"呼之，他虽不正式承认。但有时一呼即应，显然是默认的。"胖子"的称呼并不是侮辱的性质，多少带有一点亲热微加一点调侃的意味。我们对盲者不好称之为"瞎子"，对跛者不好称之为"瘸子"，对瘦者不好称之为"排骨"，唯独对胖子则不妨直截了当地称之为胖子，普通的胖子均不以胖为忤。

有一天我和我的很胖的胖子朋友说："你的照片有商业价值，可以做广告用。"他说："给什么东西做广告呢？"我说："婴儿自己药片。"他怫然色变，从此很少理我。

年事渐长的人，工作日繁，而运动愈少，于是身体上便开始囤积脂肪，而腹部自然地要渐渐呈锅形。腰带上针孔要嫌其不敷用。终日鼓腹而游，才一走动便气咻咻。然对于这样的人我渐渐地抱有同情了。一个人随身永远携带着一二十斤板油，负担当然不小，天热时要融化，天冷时怕凝冻，实在很苦，若遇上饥荒的年头，当然是瘦子先饿死，胖子身上的脂肪可以发挥驼峰的作用慢慢地消受，不过正常的人也未必就有这种饥荒心理。

胖瘦与妍媸有关，尤其是女人们一到中年便要发福，最需要加以调理。或用饿饭法，尽量少吃；或用压缩法，用钢条橡皮制成的腰箍，加以坚韧的绳子细细地绷捆，仿佛做素火腿的方法，硬把浮臕压紧。有人满地打滚，翻筋斗，竖蜻蜓，虾米弯腰，鲤鱼打挺，企求减削一点体重。男人们比较放肆一些，传统的看法还以为胖不是毛病。《世说新语》记载的王羲之坦腹东床的故事，虽未说明王逸少的腹围尺码，我想凡是值得一坦的肚子大概不会太小，总不会是稀松干瘪的。

听说南部有报纸副刊记载我买皮带系腰的故事，颇劳一些友人以此见询。在台湾买皮带确是相当困难。我在原有皮带长度不敷应用的时候想再买一根颇不易得，不知道是否由于这地方太阳晒得太凶、体内水分发挥太快的缘故，本地的胖子似乎比较少见。我尚不够跻身于胖子之林。

但因为我向不会作诗，"饭颗山头遇杜甫"的情形是绝不会有的，而且周伯仁"清虚日来滓秽日去"的功夫也还没有做到，所以竟为一根皮带感到困惑，倒是确有其事。不过情形尚不能算为恶劣。像福斯塔夫那样，自从青春以后就没有看见过自己的脚趾，一跌倒就需要起重机，我一向是引为鉴戒的。

客

"只有上帝和野兽才喜欢孤独"。上帝吾不得而知之，至于野兽，则据说，成群结党者多，真正孤独者少。我们凡人，如果身心健全，大概没有不好客的。以欢喜幽独著名的Thoureau（梭罗），他在树林里也给来客安排得舒舒贴贴。我常幻想着"风雨故人来"的境界，在风飒飒雨霏霏的时候，心情枯寂，百无聊赖，忽然有客款扉，把握言欢，莫逆于心。来客不必如何风雅，但至少第一不谈物价升降，第二不谈宦海浮沉，第三不劝我保险，第四不劝我信教，乘兴而来，兴尽即返，这真是人生一乐。但是我们为客所苦的时候也颇不少。

很少的人家有门房，更少的人家有拒人千里之外的阍者，门禁既不森严，来客当然无阻，所以私人居处，等于日夜开放。

有时主人方在厕上，客人已经升堂入室，回避不及，应接无术，主人鞠躬如也，客人呆若木鸡。有时主人方在用饭，而高轩贲止，便不能不效周公之"一饭三吐哺"，但是来客并无归心，只好等送客出门之后再补充些残羹剩饭。有时主人已经就枕，而不能不倒屣相迎。一天二十四小时之内，不知客人何时入侵，主动在客，防不胜防。

在西洋所谓客者是很稀罕的东西。因为他们办公有办公的地点，娱乐有娱乐的场所，住家专做住家之用。我们的风俗稍为不同一些。办公、打牌、吃茶、聊天都可以在人家的客厅里随时举行的。主人既不能在座位上遍置针毡，客人便常有如归之乐。从前官场习惯，有所谓端茶送客之说，主人觉得客人应该告退的时候，便举起盖碗请茶，那时节一位训练有素的豪仆在旁一眼瞥见，便大叫一声"送客"！另有人把门帘高高打起，客人除了告辞之外，别无他法。可惜这种经济时间的良好习俗，今已不复存在，而且这种办法也只限于官场，如果我在我的小小客厅之内端起茶碗，由荆妻稚子在旁嘤然一声"送客"，我想客人会要疑心我一家都发疯了。

客人久坐不去，驱禳至为不易。如果你枯坐不语，他也许发表长篇独白，像个垃圾口袋一样，一碰就泄出一大堆；也许一根一根的纸烟不断地吸着，静听挂钟嘀嗒嘀嗒地响。如果你暗示你有事要走，他也许表示愿意陪你一道走。如果你问他有无其他的事情见教，他也许干脆告诉你来此只为闲聊天。如果你表示正在为了什么事情忙，他会劝你多休息一下。如果你一遍一遍地给他斟茶，他也许就一碗一碗地喝下去而连声说："主人别客气。"乡间迷信，恶客盘踞不去时，家人可在门后置一扫帚，用针频频刺之，客人便会觉得有刺股之痛，坐立不安而去。此法有人曾经试验，据云无效。

"茶，泡茶，泡好茶；坐，请坐，请上坐。"出家人犹如此势利，在家人更可想而知。但是为了常遭客灾的主人设想，茶与座二者常常因客而异，盖亦有说。凡好牛饮之客，自不便奉以"水仙""云雾"，而精研茶经之士，又断不肯尝试那"高末""茶砖"。茶卤加开水，浑浑满满一大盅，上面泛着白沫如啤酒，或漂着油彩如汽油，这固然令人恶心，但是如果名茶一盏，而客人并不欣赏，轻啜一口，盅缘上并不留下芬芳，留之无用，弃之可惜，这也是非常讨厌之事。所以客人常被分为若干流品，有能启用平日主人自己舍不得饮用的好茶者，有能享受主人自己日常享受的中上茶者，有能大量取用茶卤冲开水者，飨以"玻璃"者是为未入流。至于座处，自以直入主人的书房绣闼者为上宾，因为屋内零星物件必定甚多，而主人略无防闲之意，于亲密之中尚含有若干敬意，做客至此，毫无遗憾；次焉者廊前檐下随处接见，所谓班荆道故，了无痕迹；最下者则肃入客厅，屋内只有桌椅板凳，别无长物，主人着长袍而出，寒暄就座，主客均客气之至。在厨房后门伫立而谈者是为未入流。我想此种差别待遇，是无可如何之事，我不相信孟尝门客三千而待遇平等。

人是永远不知足的。无客时嫌岑寂，有客时嫌烦嚣，客走后扫地抹桌又另有一番冷落空虚之感，问题的症结全在于客的素质。如果素质好，则未来时想他来，既来了想他不走，既走想他再来；如果素质不好，未来时怕他来，既来了怕他不走，既走怕他再来。虽说物以类聚，但不速之客甚难预防。"夜半待客客不至，闲敲棋子落灯花"，那种境界我觉得最足令人低回。

诗人

有人说:"在历史里一个诗人似乎是神圣的,但是一个诗人在隔壁便是个笑话。"这话不错。看看古代诗人画像,一个个的都是宽衣博带,飘飘欲仙,好像不食人间烟火的样子。《辋川图》里的人物,弈棋饮酒,投壶流觞,一个个的都是儒冠羽衣,意态萧然,我们只觉得摩诘当年,千古风流,而他在苦吟时堕入醋瓮里的那副尴尬相,并没有人给他写画流传。我们凭吊浣花溪畔的工部草堂,遥想杜陵野老典衣易酒卜居茅茨之状,吟哦沧浪,主管风骚,而他在耒阳狂啖牛炙白酒胀饫而死的景象,却不雅观。我们对于死人,照例是隐恶扬善,何况是古代诗人,篇章遗传,好像是痰唾珠玑,纵然有些小小乖僻,自当加以美化,更可资为谈助。王摩诘堕入醋瓮,是他自己的醋瓮,不是我们家的水缸，杜工部旅中困顿，累的是耒阳知县，不是向我家叨扰。一般人读诗，犹如观剧，只是在前台欣赏，并无须侧身后台打听优伶身世，即使刺听得多少奇闻逸事，也只合作为梨园掌故而已。

假如一个诗人住在隔壁，便不同了。虽然几乎家家门口都写着"诗书继世长"，懂得诗的人并不多。如果我是一个名利中人，而隔壁住着一个诗人，他的大作永远不会给我看，我看了也必以为不值一文钱，他会给我以白眼，我看他一定也不顺眼。诗人没有常光顾理发店的，他的头发做飞蓬状，做狮子狗状，做艺术家状。他如果是穿中装的，一定像是算命瞎子，两脚泥；他如果是穿西装的，一定是像卖毛毯子的白俄，一身灰；他游手好闲；他白昼做梦；他无病呻吟；他有时深居简出，闭门谢客；他有时终年流浪，到处为家；他哭笑无常；他饮食无度；他有时贫无立锥；他有时挥金似土；如果是个女诗人，她口里可以衔支大雪茄；如果是男的，他向各形各色的女人去膜拜；他喜欢烟、酒、小孩、花草、小动物——他看见一只老鼠可以作一首诗；他在胸口上摸出一只虱子也会作一首诗。他的生活习惯有许多与人不同的地方。有一个人告诉我，他曾和一个诗人比邻，有一次同出远游，诗人未带牙刷，据云留在家里为太太使用，问之曰："你们原来共用一把吗？"诗人大惊曰："难道你们是各用一把吗？"

诗人住在隔壁，是个怪物，走在街上尤易引起误会。勃朗宁有一首诗《当代人对诗人的观感》，描写一个西班牙的诗人性好观察社会人生，以致被人误认为是一个特务，这是何等的讥讽！他穿的是一身破旧的黑衣服，手杖敲着地，后面跟着一条秃瞎老狗，看着鞋匠修理皮鞋，看人切柠檬片放在饮料里，看焙咖啡的火盆，用半只眼睛看书摊，谁虐打牲畜谁咒骂女人都逃不了他的注意——所以他大概是个特务，把观察所得呈报国王。看他那个模样儿，上了点年纪，那两道眉毛，亏他的眼睛在下面住着！鼻子的形状和颜色都像魔爪。某甲遇难，某乙失踪，某丙得到他的情妇——还不都是他干下的事？他费这样大的心机，也不知得多少报酬。大家都说他回家用晚膳的时候，灯火辉煌，墙上挂着四张名画，二十名裸体女人给他捧盘换盏。其实，这可怜的人过的乃是另一种生活，他就住在桥边第三家，新油刷的一幢房子，全街的人都可以看见他交叉着腿，把脚放在狗背上，和他的女仆在打纸牌，吃的是酪饼水果，十点钟就上床睡了。他死的时候还穿着那件破大衣，没膝的泥，吃的是面包壳，脏得像一条熏鱼！

这位西班牙的诗人还算是幸运的，被人当作特务，在另一个国度里，这样一个形迹可疑的诗人可能成为特务的对象。

变戏法的总要念几句咒，故弄玄虚，增加他的神秘，诗人也不免几分江湖气，不是谪仙，就是鬼才，再不就是梦笔生花，总有几分阴阳怪气。外国诗人更厉害，作诗时能直接祷求神助，好像是仙灵附体的样子。

一颗沙里看出一个世界，

一朵野花里看出一个天堂，

把无限抓在你的手掌里，

把永恒放进一刹那的时光。

若是没有一点慧根的人，能说出这样的鬼话吗？你不懂？你是蠢材！你说你懂，你便可跻身于风雅之林，你究竟懂不懂，天知道。

大概每个人都曾经有过做诗人的一段经验。在"怨黄莺儿作对，怪粉蝶儿成双"的时节，看花谢也心惊，听猫叫也难过，诗就会来了，如枝头舒叶那么自然。但是入世稍深，渐渐煎熬成为一颗"煮硬了的蛋"，散文从门口进来，诗从窗户出去了。"嘴唇在不能亲吻的时候才肯唱歌。"一个人如果达到相当年龄，还不失赤子之心，经风吹雨打，方寸间还能诗意盎然，他是得天独厚，他是诗人。

诗不能卖钱，一首新诗，如拈断数根须即能脱稿，那成本还是轻的，怕的是像牡蛎肚里的一颗明珠，那本是一块病，经过多久的滋润涵养才能磨炼孕育成功，写出来到哪里去找顾主？

诗不能给富人客厅里摆设做装潢，诗不能给广大的读者以娱乐。富人要的是字画珍玩，大众要的是小说戏剧。诗，短短一橛，充篇幅都不中用。诗是这样无用的东西，所以以诗为业的诗人，如果住在你的隔壁，自然是个笑话。将来在历史上能否就成为神圣，也很渺茫。

年龄

从前看人作序，或是题画，或是写匾，在署名的时候往往特别注明"时年七十有二""时年八十有五"或是"时年九十有三"，我就肃然起敬。春秋时人荣启期以为行年九十是人生一乐，我想拥有一大把年纪的人大概是有一种可以在人前夸耀的乐趣。只是当时我离那耄耋之年还差一大截子，不知自己何年何月才有资格在署名的时候也写上年龄。我揣想署名之际写上自己的年龄，那时心情必定是扬扬得意，好像是在宣告："小子们，你们这些黄口小儿，乳臭未干，虽然幸离襁褓，能否达到老夫这样的年龄恐怕尚未可知哩。"须知得意不可忘形，在夸示高龄的时候，未来的岁月已所余无几了。俗语有一句话说："棺材是装死人的，不是装老人的。"话是不错，不过你试把棺盖揭开看看，里面躺着的究竟是以老年人为多。年轻的人将来的岁月尚多，所以我们称他为富于年。人生以年龄计算，多活一年即是少了一年，人到了年促之时，何可夸之有？我现在不复年轻，看人署名附带声明时年若干若干，不再有艳羡之情了。倒是看了富于年的英俊，有时不胜羡慕之至。

裸子植物和双子叶植物，其茎部的细胞因春夏成长秋冬停顿之故而形成所谓年轮，我们可以从而测知其年龄。人没有年轮，而且也不便横切开来察验。人年纪大了常自谦为马齿徒增，也没有人掰开他的嘴巴去看他的牙齿。眼角生出鱼尾纹，脸上遍洒黑斑点，都不一定是老朽的征象。头发的黑白更不足为凭。有人春秋鼎盛而已皓首皤皤，有人已到黄耇之年而顶上犹有"不白之冤"，这都是习见之事。不过，岁月不饶人，冒充少年究竟不是容易事。地心的吸力谁也抵抗不住。脸上、颈上、腰上、踝上，连皮带肉地往下坠，虽不至于"载跋其胡"，那副龙钟的样子是瞒不了人的。别的部分还可以遮盖起来，面部经常暴露在外，经过几番风雨，多少回风霜，总会留下一些痕迹。

好像有些女人对于脸上的情况较为敏感。眼窝底下挂着两个泡囊，其状实在不雅，必剔除其中的脂肪而后快。两颊松懈，一条条的沟痕直垂到脖子上，下巴底下更是一层层的皮肉堆累，那就只好开刀，把整张的脸皮揪扯上去，像国剧一些演员化装那样，眉毛眼睛一齐上挑，两腮变得较为光滑平坦，皱纹似乎全不见了。此之谓美容、整容，俗称之为拉皮。行拉皮手术的人，都秘不告人，而且讳言其事。所以在饮宴席上，如有面无皱纹的年高名婆在座，不妨含混地称赞她驻颜有术，但是在点菜的时候不宜高声地要鸡丝拉皮。

其实自古以来也有不少男士热衷于驻颜。南朝宋颜延之《庭诰》："炼形之家，必就深旷，反飞灵、糇丹、石粒、芝精，所以还年却老，延华驻彩。"道家炼形养元，可以尸解升天，岂止延华驻彩？这都是一些姑妄言之的神话。贵为天子的人才真的想要还年却老，千方百计地求那不老的仙丹。看来只有晋孝武帝比较通达事理，他饮酒举杯属长星（即彗星）："长星，劝尔一杯酒，自古何时有万岁天子？"可是一般的天子或近似天子的人都喜欢听人高呼万岁无疆！

除了将要诹吉纳采交换庚帖之外，对于别人的真实年龄根本没有多加探讨的必要。但是我们的习俗，于请教"贵姓""大名""府上"之后，有时就会问起"贵庚""高寿"。有人问我多大年纪，我据实相告"七十八岁了"。他把我上下打量，摇摇头说："不像，不像，很健康的样子，顶多五十。"好像他比我自己知道得更清楚。那是言不由衷的恭维话，我知道，但是他有意无意地提醒了我刚忘记了的人生四苦。能不能不提年龄，说一些别的，如今天天气之类？

女人的年龄是一大禁忌，不许别人问的。有一位女士很旷达，人问其芳龄，她据实以告："三十以上，八十以下。"其实人的年龄不大容易隐秘，下一番考证功夫，就能找出线索，虽不中亦不远矣。这样做，除了满足好奇心以外，没有多少意义。可是人就是好奇。有一位男士在咖啡厅里邂逅一位女士，在暗暗的灯光之下他实在摸不清对方的年龄，他用臂肘触了我一下，偷偷地在桌下伸出一只巴掌，载张着五指，低声问我有没有这个数目，我吓了一跳，以为他要借五万块钱，原来他是打听对方芳龄有无半百。我用四个字回答他："干卿底事？"有一位道行很高的和尚，涅槃的时候据说有一百好几十岁，考证起来聚讼纷纷，据我看，估量女士的年龄不妨从宽，七折八折优待。计算高僧的年龄也不妨从宽，多加三成五成。

　　人到了迟暮，如石火风灯，命在须臾，但是仍不喜欢别人预言他的大限。丘吉尔八十岁过生日，一位冒失的新闻记者有意讨好地说："丘吉尔先生，我今天非常高兴，希望我能再来参加你的九十岁的生日宴。"丘吉尔耸了一下眉毛说："小伙子，我看你身体满健康的，没有理由不能来参加我九十岁的宴会。"胡适之先生素来善于言辞，有时也不免说溜了嘴，他六十八岁时来台湾，在一次欢宴中遇到长他十几岁的齐如山先生，没话找话地说："齐先生，我看你活到九十岁绝无问题。"齐先生愣了一下说："我倒有个故事，有一位矍铄老叟，人家恭维他可以活到一百岁，愤然作色曰：'我又不吃你的饭，你为什么限制我的寿数？'"胡先生急忙道歉："我说错了话。"

吃相

　　一位外国朋友告诉我，他旅游西南某地的时候，偶于餐馆进食，忽闻壁板砰砰作响，其声清脆，密集如连珠炮，向人打听才知道是邻座食客正在大啖其糖醋排骨。这一道菜是这餐馆的拿手菜，顾客欣赏这个美味之余，顺嘴把骨头往旁边喷吐，你也吐，我也吐，所以把壁板打得叮叮当当响。不但顾客为之快意，店主听了也觉得脸上光彩，认为这是大家为他捧场。这位外国朋友问我这是不是国内各地普遍的风俗，我告诉他我走过十几省还不曾遇见过这样的场面，而且当场若无壁板设备，或是顾客嘴部筋肉不够发达，此种盛况即不易发生。可是我心中暗想，天下之大，无奇不有，这样的事恐怕亦不无发生的可能。

　　《礼记》有"毋啮骨"之诫，大概包括啃骨头的举动在内。糖酷排骨的肉与骨是比较容易脱离的，大块的骨头上所联带着的肉若是用牙齿咬断下来，那龇牙咧嘴的样子便觉不大雅观。所以"割不正不食""席不正不食"都是对于在桌面上进膳的人而言，啃骨应该是桌底下另外一种动物所做的事。不要以为我们一部分人把排骨吐得噼啪响便断定我们的吃相不佳。各地有各地的风俗习惯。世界上至今还有不少地方是用手抓食的。听说他们是用右手取食，左手则专供做另一种肮脏的事，不可混用，可见也还注重清洁。我不知道像咖喱鸡饭一类黏糊糊儿的东西如何甩手指往嘴里送。用手取食，原是古已有之的老法。罗马皇帝尼禄大宴群臣，他从一只硕大无比的烤鹅身上扯下一条大腿，手举着鼓槌，歪着脖子啃而食之，那副贪婪无厌的饕餮相我们可于想象中得之。罗马的光荣不过尔尔，等而下之不必论了。欧洲中古时代，餐桌上的刀叉是奢侈品，从十一世纪到十五世纪不曾被普遍使用，有些人自备刀叉随身携带，这种作风一直延至十八世纪还偶尔可见。据说在酷嗜通心粉的国度里，市尘道旁随处都有贩卖通心粉（与不通心粉）的摊子，食客都是伸出右手像是五股钢叉一般把粉条一卷就送到口里，干净利落。

不要耻笑西方风俗鄙陋，我们泱泱大国自古以来也是双手万能。《礼记》："共饭不泽手。"吕氏注曰："不泽手者，古之饭者以手，与人共饭，摩手而有汗泽，人将恶之而难言。"饭前把手洗洗揩揩也就是了。樊哙把一块生猪肘子放在铁盾上拔剑而啖之，那是鸿门宴上的精彩节目，可是那个吃相也就很可观了。我们不愿意在餐桌上挥刀舞叉，我们的吃饭工具主要的是筷子，筷子即箸，古称饭梜。细细的两根竹筷，搦在手上，运动自如，能戳、能挟、能撮、能扒，神乎其技。不过我们至今也还有用手进食的地方，像从兰州到新疆，"抓饭""抓肉"都是很驰名的。我们即使运用筷子，也不能不有相当的约束，若是频频夹取如金鸡乱点头，或挑肥拣瘦的在盘碗里翻翻弄弄如拨草寻蛇，就不雅观。

餐桌礼仪，中西都有一套。外国的餐前祈祷，兰姆的描写可谓淋漓尽致。家长在那里低头闭眼口中念念有词，孩子们很少不在那里做鬼脸的。我们幸而极少宗教观念，小时候不敢在碗里留下饭粒，是怕长大了娶麻子媳妇，不敢把饭粒落在地上，是怕天打雷劈。喝汤而不准吮吸出声是外国规矩，我想这规矩不算太苛，因为外国的汤盆很浅，好像都是狐狸请鹭鸶吃饭时所使用的器皿，一盆汤端到桌上不可能是烫嘴热的，慢一点灌进嘴里去就可以不至于出声。若是喝一口我们的所谓"天下第一菜"——口蘑锅巴汤而不出一点声音，岂不强人所难？从前我在北方家居，邻户是一个治安机关，隔着一堵墙，墙那边经常有几十口子在院子里进膳，我可以清晰地听到"呼噜，呼噜，呼——噜"的声响，然后是"咔嚓！"一声。他们是在吃炸酱面，于猛吸面条之后咬一口生蒜瓣。

餐桌的礼仪要重视，不要太重视。外国人吃饭不但要席正，而且挺直腰板，把食物送到嘴边。我们"食不厌精，脍不厌细"，要维持那种姿势便不容易。我见过一位女士，她的嘴并不比一般人小多少，但是她喝汤的时候真能把上下唇撮成一颗樱桃那样大，然后以匙尖触到口边徐徐吮饮之。这和把整个调羹送到嘴里面的人比较起来，又近于矫枉过正了。人生贵适意，在环境许可的时候是不妨稍为放肆一点。吃饭而能充分享受，没有什么太多礼法的约束，细嚼烂咽，或风卷残云，均无不可，吃的时候怡然自得，吃完之后抹抹嘴鼓腹而游，像这样的乐事并不常见。我看见过两次真正痛快淋漓的吃，印象至今犹新。一次在北京的"灶温"，那是一爿道地的北京小吃馆。棉帘启处，进来了一位赶车的，即是赶轿车的车夫，辫子盘在额上，衣襟掀起塞在褡布底下，大摇大摆，手里托着菜叶裹着的生猪肉一块，提着一根马兰系着的一撮韭黄，把食物往柜台上一拍："掌柜的，烙一斤饼！再来一碗炖肉！"等一下，肉丝炒韭黄端上来了，两张家常饼一碗炖肉也端上来了。他把菜肴分为两份，一份倒在一张饼上，把饼一卷，比拳头要粗，两手扶着矗立在盘子上，张开血盆巨口，左一口，右一口，中间一口！不大工夫，一张饼下肚，又一张也不见了，直吃得他青筋暴露满脸大汗，挺起腰身连打两个大饱嗝。又一次，我在青岛寓所的后山坡上看见一群石匠在凿山造房，晌午歇工，有人送饭，打开笼屉热气腾腾，里面是半尺来长的发面蒸饺，工人蜂拥而上，每人拍拍手掌便抓起饺子来咬，饺子里面露出绿韭菜馅。又有人挑来一桶开水，上面漂着一个瓢，一个个红光满面围着桶舀水吃。这时候又有挑着大葱的小贩赶来兜售那像甘蔗一般粗细的大葱，登时又人手一截，像是饭后进水果一般。上面这两个景象，我久久不能忘，他们都是自食其力的人，心里坦荡荡的，饥来吃饭，取其充腹，管什么吃相！

代沟

代沟是翻译过来的一个比较新的名词，但这个东西是我们古已有之的。自从人有老少之分，老一代与少一代之间就有一道沟，可能是难以飞渡的深沟天堑，也可能是一步迈过的小溪阴沟，总之是其间有个界限。沟这边的人看沟那边的人不顺眼，沟那边的人看沟这边的人不像话，也许吹胡子瞪眼，也许拍桌子卷袖子，也许口出恶声，也许真个地闹出命案，看双方的气质和修养而定。

《尚书·无逸》："相小人，厥父母勤劳稼穑，厥子乃不知稼穑之艰难，乃逸乃谚既诞。否则侮厥父母曰：'昔之人，无闻知。'"这几句话很生动，大概是我们最古的代沟之说的一个例证。大意是说：请看一般小民，做父母的辛苦耕稼，年轻一代不知生活艰难，只知享受放荡，再不就是张口顶撞父母说："你们这些落伍的人，根本不懂事！"活画出一条沟的两边的人对峙的心理。小孩子嘛，总是贪玩。好逸恶劳，人之天性。只有饱尝艰苦的人，才知道以无逸为戒。做父母的人当初也是少不更事的孩子，代代相仍，历史重演。一代留下一沟，像树身上的年轮一般。

虽说一代一沟，腌臜的情形难免，然大体上相安无事。这就是因为有所谓传统者，把人的某一些观念胶着在一套固定的范畴里。"不以规矩不能成方圆"，大家都守规矩，尤其是年轻的一代。

"鞋大鞋小，别走了样子！"小的一代自然不免要憋一肚皮委屈，但是，别忙，"多年的媳妇熬成婆，多年的道路走成河"，转眼间黄口小儿变成鲐背耇老，又轮到自己唉声叹气，抱怨一肚皮不合时宜了。

我记得我小的时候，早起要跟着姐姐哥哥排队到上房给祖父母请安，像早朝一样的肃穆而紧张，在大柜前面两张二人凳上并排坐下，腿短不能触地，往往甩腿，这是犯大忌的，虽然我始终不知是犯了什么忌。祖父母的眼睛瞪得圆圆的，手指着我们的前后摆动的小腿说："怎么，一点样子都没有！"吓得我们的小腿立刻停摆，我的母亲觉得很没有面子，回到房里着实地数落了我们一番。祖孙之间隔着两条沟，心理上的隔阂如何得免？当时我心里纳闷，我甩腿，干卿底事。我十岁的时候，进了陶氏学堂，领到一身体操时穿的白帆布制服，有亮晶晶的铜纽扣，裤边还镶贴两条红带，现在回想起来有点滑稽，好像是卖仁丹游街宣传的乐队，那时却扬扬自得，满心欢喜地回家，没想到赢得的是一头雾水，"好呀！我还没死，就先穿起孝衣来了！"我触了白色的禁忌。出殡的时候，灵前是有两排穿白衣的"孝男儿"，口里模仿号丧的哇哇叫。此后每逢体操课后回家，先在门后脱衣，换上长褂，卷起裤筒。稍后，我进了清华，看见有人穿白帆布橡皮底的网球鞋，心羡不已，于是也从天津邮购了一双，但是始终没敢穿了回家。只求平安少生事，莫在代沟之内起风波。

大家庭制度下，公婆儿媳之间的代沟是最鲜明也最凄惨的。儿子自外归来，不能一头扎进闺房，那样做不但公婆瞪眼，所有的人都要竖起眉毛。他一定要先到上房请安，说说笑笑好一大阵，然后公婆（多半是婆）开恩发话："你回屋里歇歇去吧。"儿子奉旨回到阃闱。媳妇不能随后跟进，还要在公婆面前周旋一下，然后公婆再度开恩："你也去吧。"媳妇才能走，慢慢地走。如果媳妇正在院里浣洗衣服，儿子过去帮一下忙，到后院井里用柳罐汲取一两桶水，送过去备用，结果也会招致一顿长辈的唾骂："你走开，这不是你做的事。"我记得半个多世纪以前，有一对大家庭中的小夫妻，十分的恩爱，夫暴病死，妻觉得在那样家庭中了无生趣，竟服毒以殉。殡殓后，追悼之日政府颁赠匾额曰："彤管扬芬"，女家致送的白布横批曰："看我门楣"！我们可以听得见代沟的冤魂哭泣，虽然代沟另一边的人还在逞强。

以上说的是六七十年前的事。代沟中有小风波，但没有大泛滥。张公艺九代同居，靠了一百多个忍字。其实九代之间就有八条沟，沟下有沟，一代压一代，那一百多个忍字还不是一面倒，多半由下面一代承当？古有明训：能忍自安。

五四运动实乃一大变局。新一代的人要造反，不再忍了。有人要"整理国故"，管他什么《三坟》《五典》《八索》《九丘》，都要揪出来重新交付审判。礼教被控吃人，孔家店遭受捣毁的威胁，世世代代留下来的沟要彻底翻腾一下，这下子可把旧一代的人吓坏了。有人提倡读经，有人竭力卫道，但是，不是远水不救近火，便是只手难挽狂澜，代沟总崩溃，新一代的人如脱缰之马，一直旁出斜逸奔放驰骤到如今。旧一代的人则按照自然法则一批一批地凋谢，填入时代的沟壑。

代沟虽然永久存在，不过其现象可能随时变化。人生的麻烦事，千端万绪，要言之，不外财色两项。关于钱财，年长的一辈多少有一点吝啬的倾向。吝啬并不一定全是缺点。"称财多寡而节用之，富无金藏，贫不假贷，谓之啬。积多不能分人，而厚自养，谓之吝。不能分人，又不能自养，谓之爱。"这是《晏子春秋》的说法。所谓爱，就是守财奴。是有人好像是把孔方兄一个个地穿挂在他的肋骨上，取下一个都是血丝糊拉的。英文俚语，勉强拿出一块钱，叫作"咳出一块钱"，大概也是表示钱是深藏于肺腑，需要用力咳才能跳出来。年轻一代看了这种情形，老大的不以为然，心里想："这真是'昔之人，无闻知'，有钱不用，害得大家受苦，忘记了'一个钱也带不了棺材里去'。"心里有这样的愤懑蓄积，有时候就要发泄。所以，曾经有一个儿子向父亲要五十元零用钱，其父靳而不予，由冷言恶语而拖拖拉拉，儿子比较身手矫健，一把揪住父亲的领带（唉，领带真误事），领带越揪越紧，父亲一口气上不来，一翻白眼，死了。这件案子，按理应剐，基于"心神丧失"的理由，没有剐，在代沟的历史里留下一个悲惨的记录。

人到成年，嘤嘤求偶，这时节不但自己着急，家长更是担心，可是所谓代沟出现了，一方说这是我的事，你少管，另一方说传宗接代的大事如何能不过问。一个人究竟是姣好还是寝陋，是端庄还是阴骘，本来难有定评。"看那样子，长头发、牛仔裤、嬉游浪荡、好吃懒做，大概不是善类。""爬山、露营、打球、跳舞，都是青年的娱乐，难道要我们天天匀出工夫来晨昏定省，膝下承欢？"南辕北辙，越说越远。其实"养儿防老""我养你小，你养我老"的观念，现代的人大部分早已不再坚持。羽毛既丰，各奔前程，上下两代能保持朋友一般的关系，可疏可密，岁时存问，相待以礼，岂不甚妙？谁也无须剑拔弩张，放任自己，而诿过于代沟。沟是死的，人是活的！代沟需要沟通，不能像希腊神话中的亚历山大以利剑砍难解之绳结那样容易的一刀两断，因为人终归是人。

结婚典礼

　　结婚这件事，只要成年的一男一女两厢情愿就成，并不需要而且不可以有第三者的参加。但是《民法》第八百九十二条规定要有公开仪式，再加上社会的陋俗（大部分似"野蛮的遗留"），以及爱受洋罪者的参酌西法，遂形成了近年来通行于中上阶级之所谓结婚典礼，又名"文明结婚"，犹如中之有"文明新戏"。婚姻大事，不可潦草。单凭父母之命媒妁之言就把一对无辜男女捏合起来，这不叫作潦草；只因一时冲动而遂盲目地订下偕老之约，这也不叫潦草；唯有不请亲戚朋友街坊四邻来胡吃乱叫，或不当众提出结婚人来验明证身，则谓之曰潦草，又名不隆重。假如人生本来像戏，结婚典礼便似"戏中戏"，越隆重则越像。这出戏定期开演，先贴海报，风雨无阻，"撒网"敛钱，鼎惠不辞；届时悬灯结彩，到处猩红；在音乐方面则或用乞丐兼任的吹鼓手，或用卖仁丹游街或绸缎店大减价的铜乐队，或钢琴或风琴或口琴；少不了的是与演员打成一片的广大观众，内中包括该回家去养老的，该寻正当娱乐的，该受别种社会教育以及平时就该摄取营养的……演员的服装，或买或借或赁，常见的是蓝袍马褂及与环境全然不调和一身西装大礼服，高冠燕尾，还有那短的像一件斗篷而还特烦两位小朋友牵着的那一橛子粉红纱！那出戏的尾声是，主人的腿子累得发麻，客人醉翻三五辈，门外的车夫一片叫嚣。评剧家曰："很热闹！"

这戏的开始照例是证婚人致辞。证婚人照例是新郎的上司，或新娘家中比较拿出来最像样的贵戚。他的身份等于"跳加官"，但他自己不知道，常常误会他是在做主席，或是在礼堂里的牧师，因此他的职务成为善颂善祷，和那些在门口高叫"正念喜，抬头观，空中来了福禄寿三仙……"的叫花子是异曲而同工！他若是深通"国学"，诗云子曰的一来，那就不得了了，在讲《易经》阴阳乾坤的时候，牵纱的小朋友们就非坐地上不可，而在人丛后面伸长颈子的那位客人，一定也会把其颈项慢慢缩回去了。我们应该容忍他，让他毕其辞，甚而至于违着良心地报之于稀稀拉拉的掌声。放心，他将得意不了几次！

介绍人要是两个，仿佛从前的一男媒一女媒，其实是为站在证婚人身旁时一边一个，较有对称之美。介绍人宜于是面团团一团和气，谁见了他都会被他撮合似的。所以常害胃病的、专吃平价米的都不该入选。许多荣任介绍人的常喜欢当众宣布他们只是名义上的介绍人，新郎新娘早已就……好像是生恐将来打离婚官司时要受牵连，所以特先自首似的。其实是他多虑。所谓介绍，是指介绍结婚，这是婚书上写得明明白白的，并不曾要他介绍新郎新娘认识或恋爱，所以以前的因误会而恋爱和以后的因失望而反目，其责任他原是不负的。从前俗语说"新娘搀上床，媒人扔过墙"，现在的介绍人则毋需等待新娘上床便已解除职务了。

新郎新娘的"台步"是值得注意的，从这里可以看出导演者的手法，新郎应该像一只木鸡，由两个傧相挟之而至，应该脸上微露苦相，好像做下什么坏事现在败露了要受制裁的样子，这才和身份相称。新娘走出来要像蜗牛，要像日移花影，只见她的位置移动，而不见她行走，头要垂下来，但又不可太垂，要表示出头和颈子还是连着的，扶着两个煞费苦心才寻到的不比自己美的傧相，随着一派乐声，在众目睽睽之下，由大家尽量端详。礼毕，新娘要准备迎接一阵"天雨粟"，也有羼杂粮的，也有带干果的，像冰雹似的没头没脸地打过来。有在额角上被命中一颗核桃的，登时皮肉隆起如舍利子。如果有人扫拢来，无疑的可以熬一大锅"腊八粥"。还有人抛掷彩色纸条，想把新娘做成一个茧子。客人对于新娘的种种行为，由品头论足以至大闹洞房，其实在《刑法》上都可以构成诽谤、侮辱、伤害、侵入私宅和有伤风化等罪名的，但是在隆重的结婚典礼里，这些丑态是属于"撑场面"一类，应该容许！

曾经有人把结婚比作"蛤蟆跳井"——可以得水，但是永世不得出来。现代人不把婚姻看得如此严重，法律也给现代人预先开了方便的后门或太平梯之类，所以典礼的隆重并不发生任何担保的价值。没有结过婚的人，把结婚后幻想成神仙的乐境，因此便以结婚为得意事，甘愿铺张，唯恐人家不知，更恐人家不来，所以往往一面登报"一切从简"，一面却是倾家荡产地"敬治喜筵"以为诱饵。来观婚礼的客人，除了真有友谊的外，是来签到，出钱看戏，或真是双肩承一喙地前来就食！

我们能否有一种简便的节俭的合理的愉快的结婚仪式呢？这件事需要未婚者来细想一下，已婚者就不必多费心了。

辑二

内心湛然，

则无往而不乐

我不愿送人，亦不愿人送我。

对于自己真正舍不得离开的人，离别的一刹那像是开刀，

凡是开刀的场合照例是应该先用麻醉剂，

使病人在迷蒙中度过那场痛苦，

所以离别的苦痛最好避免。

骂人的艺术

古今中外没有一个不骂人的人。骂人就是有道德观念的意思，因为在骂人的时候，至少在骂人者自己总觉得那人有该骂的地方。何者该骂，何者不该骂，这个抉择的标准，是极道德的。所以根本不骂人，大可不必。骂人是一种发泄感情的方法，尤其是那一种怨怒的感情。想骂人的时候而不骂，时常在身体上弄出毛病，所以想骂人时，骂骂何妨。

但是，骂人是一种高深的学问，不是人人都可以随便试的。有因为骂人挨嘴巴的，有因为骂人吃官司的，有因为骂人反被人骂的，这都是不会骂人的缘故。今以研究所得，公诸同好，或可为骂人时之一助乎？

（一）知己知彼

骂人是和动手打架一样的，你如其敢打人一拳，你先要自己忖度下，你吃得起别人的一拳否。这叫作知己知彼。骂人也是一样。譬如你骂他是"屈死"，你先要反省，自己和"屈死"有无分别。你骂别人荒唐，你自己想想曾否吃喝嫖赌。否则别人回敬你一两句，你就受不了。所以别人有着某种短处，而足下也正有同病，那么你在骂他的时候只得割爱。

（二）无骂不如己者

要骂人须要挑比你大一点的人物，比你漂亮一点的或者比你坏得万倍而比你得势的人物。总之，你要骂人，那人无论在好的一方面或坏的一方面都要能胜过你，你才不吃亏。你骂大人物，就怕他不理你，他一回骂，你就算骂着了。在坏的一方面胜过你的，你骂他就如教训一般，他即便回骂，一般人仍不会理会他的。假如你骂一个无关痛痒的人，你越骂他他越得意，时常可以把一个无名小卒骂出名了，你看冤与不冤？

（三）适可而止

骂大人物骂到他回骂的时候，便不可再骂；再骂则一般人对你必无同情，以为你是无理取闹。骂小人物骂到他不能回骂的时候，便不可再骂；再骂下去则一般人对你也必无同情，以为你是欺负弱者。

（四）　旁敲侧击

他偷东西，你骂他是贼；他抢东西，你骂他是盗，这是笨伯。骂人必须先明虚实掩映之法，须要烘托旁衬，旁敲侧击，于要紧处只一语便得，所谓杀人于咽喉处着刀。越要骂他你越要原谅他，即便说些恭维话亦不为过，这样的骂法才能显得你所骂的句句是真实确凿，让旁人看起来也可见得你的度量。

（五）　态度镇定

骂人最忌浮躁。一语不合，面红筋跳，暴躁如雷，此灌夫骂座，泼妇骂街之术，不足以骂人。善骂者必须态度镇静，行若无事。普通一般骂人，谁的声音高便算谁占理，谁来的势猛便算谁骂赢，唯真善骂人者，乃能避其锋而击其懈。你等他骂得疲倦的时候，你只消轻轻地回敬他一句，让他再狂吼一阵。在他暴躁不堪的时候，你不妨对他冷笑几声，包管你不费力气，把他气得死去活来，骂得他针针见血。

（六）　出言典雅

骂人要骂得微妙含蓄，你骂他一句要使他不甚觉得是骂，等到想过一遍才慢慢觉悟这句话不是好话，让他笑着的面孔由白而红，由红而紫，由紫而灰，这才是骂人的上乘。欲达到此种目的，深刻之用词故不可少，而典雅之言辞尤为重要。言辞典雅则可使听者不致刺耳。如要骂人骂得典雅，则首先要在骂时万万别提起女人身上的某一部分，万万不要涉及生理学范围。骂人一骂到生理学范围以内，底下再有什么话都不好说了。譬如你骂某甲，千万别提起他的令堂令妹。因为那样一来，便无是非可言，并且你自己也不免有令堂令妹，他若回敬起来，岂非势均力敌，半斤八两？再者，骂人的时候，最好不要加入种种难堪的名词，称呼起来总要客气，即使他是极卑鄙的小人，你也不妨称他先生，越客气，越骂得有力量。骂的时节最好引用他自己的词句，这不但可以使他难堪，还可以减轻他对你骂的力量。俗话少用，因为俗话一览无遗，不若典雅古文曲折含蓄。

（七） 以退为进

两人对骂，而自己亦有理屈之处，则处于开骂伊始，特宜注意，最好是毅然将自己理屈之处完全承认下来，即使道歉认错均不妨事。先把自己理屈之处轻轻遮掩过去，然后你再重整旗鼓，咄咄逼人，方可无后顾之忧。即使自己没有理屈的地方，也绝不可自行夸张，务必要谦逊不遑，把自己的位置降到一个不可再降的位置，然后骂起人来，自有一种公正光明的态度。

否则你骂他一两句，他便以你个人的事反唇相讥，一场对骂，会变成两人私下口角，是非曲直，无从判断。所以骂人者自己要低声下气，此所谓以退为进。

（八） 预设埋伏

你把这句话骂过去，你便要想想看，他将用什么话骂回来。有眼光的骂人者，便处处留神，或是先将他要骂你的话替他说出来，或是预先安设埋伏，令他骂回来的话失去效力。他骂你的话，你替他说出来，这便等于缴了他的械一般。预设埋伏，便是在他要攻击你的地方，你先轻轻地安下话根，然后他骂过来就等于枪弹打在沙包上，不能中伤。

（九） 小题大做

如对方有该骂之处，而题目身小，不值一骂，或你所知不多，不足一骂，那时节你便可用小题大做的方法来扩大题目。先用诚恳而怀疑的态度引申对方的意思，由不紧要之点引到大题目上去，处处用严谨的逻辑逼他说出不逻辑的话来，或是逼他说出合于逻辑但不合乎理的话来，然后你再大举骂他，骂到体无完肤为止，而原来惹动你的小题目，轻轻一提便了。

（十） 远交近攻

　　一个时候，只能骂一个人，或一种人，或一派人。决不宜多树敌。所以骂人的时候，万勿连累旁人，即使必须牵涉多人，你也要表示好意，否则回骂之声纷至沓来，使你无从应付。

　　骂人的艺术，一时所能想起来的有上面十条，信手拈来，并无条理。我作此文的用意，是助人骂人。同时也是想把骂人的技术揭破一点，供爱骂人者参考。挨骂的人看看，骂人的心理原来是这样的，也算是揭破一张黑幕给你瞧瞧！

时间即生命

　　最令人触目惊心的一件事，是看着钟表上的秒针一下一下地移动，每移动一下就是表示我们的寿命已经缩短了一部分。再看看墙上挂着的可以一张张撕下的日历，每天撕下一张就是表示我们的寿命又缩短了一天。因为时间即生命。没有人不爱惜他的生命，但很少人珍视他的时间。如果想在有生之年做一点什么事，学一点什么学问，充实自己，帮助别人，使生命有意义，不虚此生，那么就不可浪费光阴。这道理人人都懂，可是很少人真能积极不懈地善于利用他的时间。

　　我自己就是浪费了很多时间的一个人。我不打麻将，我不经常听戏看电影，几年中难得一次，我不长时间看电视，通常只看半个小时，我也不串门子闲聊天。有人问我："那么你大部分时间都做了些什么呢?"我痛自反省,我发现,除了职务上的必须及人情上所不能免的活动之外,我的时间大部分都浪费了。我应该集中精力,读我所未读过的书,我应该利用所有时间,写我所要写的东西,但是我没能这样做。我好多的时间都稀里糊涂地混过去了,"少壮不努力,老大徒伤悲"。

例如我翻译莎士比亚,本来计划于课余之暇每年翻译两部,二十年即可完成,但是我用了三十年,主要的原因是懒。翻译之所以完成,主要是因为活得相当长久,十分惊险。翻译完成之后,虽然仍有工作计划,但体力渐衰,有力不从心之感。假使年轻的时候鞭策自己,如今当有较好或较多的表现。然而悔之晚矣。再例如,作为一个中国人,经书不可不读。我年过三十才知道读书自修的重要。我披阅,我圈点,但是恒心不足,时作时辍。"五十以学易,可以无大过矣",我如今年过八十,还没有接触过《易经》,说来惭愧。史书也很重要。我出国留学的时候,我父亲买了一套同文石印的前四史,塞满了我的行箧的一半空间,我在外国混了几年之后又把前四史原封带回来了。直到四十年后才鼓起勇气读了《通鉴》一遍。现在我要读的书太多,深感时间有限。

无论做什么事,健康的身体是基本条件。我在学校读书的时候,有所谓"强迫运动",我踢破过几双球鞋,打断过几只球拍。因此侥幸维持下来最低限度的体力。老来打过几年太极拳,目前则以散步活动筋骨而已。寄语年轻朋友：千万要持之以恒地从事运动，这不是嬉戏，不是浪费时间。健康的身体是做人做事真正的本钱。

钱的教育

《乌托邦》的作者告诉我们说，在理想国里，小孩子拿金钱当作玩具，孩子们可以由性地大把地抓钱，顺手丢来丢去地玩。其用意在使孩子把金钱看成司空见惯的东西，久之便觉得金钱这东西稀松平常，长大了之后自然也就不会过分地重视金钱，贪吝的毛病也就可以不至于犯了。这理想恐怕终归是个理想吧？小孩子没有不喜欢耍枪弄棒的，长大之后更容易培养出尚武的精神。小孩子没有不喜欢飞机模型的，长大之后很可能对航空发生很大的兴趣。所以幼习俎豆，长大便成圣贤，这种故事不能不说有几分道理。小时候在钱堆里打滚，大了便不爱钱，这道理我却不敢深信。

事实上一般小孩子所受的关于钱的教育，都是培养他对于钱的爱好。我们小时候，玩的不是钱，而常常是装钱的扑满。门口过来了一个小贩，吆喝着："小盆儿啊小罐儿啊!"往往不经我们的请求，大人就买一个瓦制的小扑满。大人告诉我们把钱一个个地放进那个小孔里面，积着，积着，积满了之后"扑"的一声摔碎，便可以有笔大钱。那一笔钱做什么用？从来没有人告诉我们。以我个人而论，我拿到一个扑满之后，我却是被这古怪的玩意儿所诱惑了，觉得怪有趣的，恨不得能立刻把它填满，我憧憬着将来有一天摔碎它时的那种快乐。我手里难得有钱，钱是在母亲屋里的大木柜里锁着的，我手里的钱只有三种来源：一是过年时的压岁钱，或是客人来时给的红纸包的钱；一是自己生辰家里长辈给的钱；一是从每日点心费里积攒下来的节余。有一点儿富余的钱，便急忙投进扑满，"哨"的一声，怪好玩儿的。起初我对于这个小小的储蓄银行很感兴趣，不时地取出来摇摇，从那个小孔往里面窥看。但是不久我就恍然，我是被骗了，因为我在想买冰糖葫芦或是糯米藕的时候，才明白那扑满里的钱是无法取出来用的，那窟窿太小，倒是倒不出来，用刀子拨也拨不出来，要摔又不敢，我开始明白这不是一个玩具，这是一个强迫储蓄的陷阱。金钱这东西为什么是那样的宝贵，必须如此周密地储藏起来呢？扑满并没有给我养成储蓄的美德，它反倒帮助我对于钱产生一种神秘的感觉。

有人主张绝对不给孩子们任何零钱，一切糖果玩具都已准备齐全，当然无从令孩子们去学习挥霍的本领。铜臭是越晚沾染人的双手越好。可是这种办法也有时效的限制，一离开家之后任何孩子都会立刻感觉到钱的重要。我小的时候，每天上学口袋里放两个铜板，到学校可以买两套烧饼油条做早点吃，我本来也没有别的欲望，但是过了两天，学校门口来了一个卖糯米藕的小贩，围了一圈的小顾客，我挤进去一看，那小贩正在一片一片地切着一橛赭中带紫的东西，像是藕，可是孔里又塞着东西，切好之后浇一小勺红糖汁和一小勺桂花，令人馋涎欲滴！我咽了一口唾沫之后退出来了。第二天仗着胆子去买一碟尝尝，却料不到起码要四个铜板才肯卖。我忍了两天没吃早点换到了一碟这个无名的美味。这是我有生以来第一次感觉到钱的用处，第一次感觉到没有钱的苦处。我相当了解了钱的神秘。

钱的用处比较容易明白，钱从什么地方来，便比较难以了解。父母的柜子里、皮包里，不断地有钱的补充。但是从哪里来的呢？有人主张用实验的方法教导孩子：不工作便没有钱。于是他们鼓励孩子们服务，按服务的多寡优劣而付给报酬。芟除庭草，一角钱；汲水浇花，一角钱；看家费，一角钱；投邮费，一角钱……这种办法有好处，可以让孩子知道钱不是白给的，是劳动换来的。但是也有流弊，"没有钱便不工作"。我看见过很多人家的孩子，不给钱便不肯写每天一页的大字，不给钱便死抱着桌脚不肯上学，不给钱便撒泼打滚不给你一刻安静的工夫去睡觉。这样，钱的报酬的功用已经变成贿赂的功用了！"没有钱便不工作"，这原则并不错，不过在家庭里应用起来，便谋杀了人与人之间的情分。似乎是太早地戕贼了人的性灵了。

如果把钱的教育写成一本书，我想也不过是上下卷，上卷是钱怎样来，下卷是钱怎样去。

钱怎样来，只能由上一辈的人做一个榜样给下一辈的人看。示范的作用很大，孩子们无须很早地就实习。如果一个人的人生观和宇宙观都是从钱的方孔里望出去的，我相信他的孩子们一定会有一套拜金主义的心理。如果一个人用各种欺骗舞弊的方法把钱弄到家里而并不脸红，而且扬扬得意地自诩为能，甚而给孩子们也分润一点儿油水，我想这也就是很有效的一种教育，孩子长大必定会有从政经商的全副的本领。所谓家学渊源，在这一方面也应用得上。

讲到钱的去处，孩子们的意见永远不会和上一辈的相同，年轻人总觉得父母把钱系在肋骨上，每个大钱拿下来都是血淋淋的。钱永远没有足够的时候。正当用钱的方法，是可以从小就加以训练的。有人主张，一个家庭的经济应该对孩子们公开，月底召开一次家庭会议，懂事的孩子们全都列席，家长报告账目和预算，让大家公开讨论。在这民主的形式之下，孩子们会养成一种自尊。大姐姐本来吵着买大衣，结果会自动放弃，移作弟弟妹妹买皮鞋用，大哥哥本来争着要置自行车，结果也会自动放弃，移作冬天买煤之用。这是良好习惯的养成。钱用在比较需要的地方去。钱不但满足自己的物质的需要，钱还要顾及自己的内心的平安。这样的用钱的方法，值得一试。孩子们不一定永远是接受命令，他们也可以理解。

养成好习惯

　　人的天性大致是差不多的，但是在习惯方面却各有不同，习惯是慢慢养成的，在幼小的时候最容易养成，一旦养成之后，要想改变过来却还很不容易。

　　例如说，清晨早起是一个好习惯，这也要从小时候养成，很多人从小就贪睡懒觉，一遇假日便要睡到日上三竿还高卧不起，平时也是不肯早起，往往蓬首垢面就往学校跑，结果还是迟到，这样的人长大了之后也常是不知振作，多半不能有什么成就。祖逖闻鸡起舞，那才是志士奋励的榜样。

　　我们中国人最重礼，因为礼是行为的规范。礼要从家庭里做起。姑举一例：为子弟者"出必告，返必面"，这一点点对长辈的起码的礼，我们是否已经每日做到了呢？我看见有些个孩子早晨起来对父母视若无睹，晚上回到家来如入无人之境，遇到长辈常常横眉冷目，不屑搭讪。这样的跋扈乖戾之气如果不早早地纠正过来，将来长大到社会服务，必将处处引起摩擦不受欢迎。我们不仅对长辈要恭敬有礼，对任何人都应该维持相当的礼貌。

大声讲话，扰及他人的宁静，是一种不好的习惯。我们试自检讨一番，在别人读书工作的时候是否有过喧哗的行为？我们要随时随地为别人着想，维持公共的秩序，顾虑他人的利益，不可放纵自己，在公共场所人多的地方，要知道依次排队，不可争先恐后地去乱挤。

时间即是生命。我们的生命是一分一秒地在消耗着，我们平常不大觉得，细想起来实在值得警惕。我们每天有许多的零碎时间于不知不觉中浪费掉了。我们若能养成一种利用闲暇的习惯，一遇空闲，无论其为多么短暂，都利用之做一点有益身心之事，则积少成多终必有成。常听人讲过"消遣"二字，最是要不得，好像是时间太多无法打发的样子，其实人生短促极了，哪里会有多余的时间待人"消遣"？陆放翁有句云："待饭未来还读书。"我知道有人就经常利用这"待饭未来"的时间读了不少的大书。古人所谓"三上之功"，枕上、马上、厕上，虽不足为训，其用意是在劝人不要浪费光阴。

吃苦耐劳是我们这个民族的标志。古圣先贤总是教训我们要能过得俭朴的生活，所谓"一箪食，一瓢饮"，就是形容生活状态之极端的刻苦，所谓"嚼得菜根"，就是表示一个有志的人之能耐得清寒。恶衣恶食，不足为耻，丰衣足食，不足为荣，这在个人之修养上是应有的认识。罗马帝国盛时的一位皇帝，Marcus Aurelius，他从小就摒绝一切享受，从来不参观那当时风靡全国的赛车比武之类的娱乐，终其身成为一位严肃的苦修派的哲学家，而且也建立了不朽的事功。这是很值得钦佩的，我们中国是一个穷的国家，所以我们更应该体念艰难，弃绝一切奢侈，尤其是从外国来的奢侈。宜从小就养成俭朴的习惯，更要知道物力维艰，竹头木屑，皆宜爱惜。

以上数端不过是偶然拈来，好的习惯千头万绪，"勿以善小而不为"。习惯养成之后，便毫无勉强，临事心平气和，顺理成章。充满良好习惯的生活，才是合于"自然"的生活。

教育你的父母

"养不教，父之过。"现在时代不同了。父母年纪大了，子女也负有教育父母的义务。话说起来好像有一点刺耳，而事实往往确是这样。

"吃到老，学到老。"前半句人人皆优为之，后半句却不易做到。人到七老八十，面如冻梨，痴呆黄耇，步履维艰，还教他学什么？只合含饴弄孙（如果他被准许做这样的事），或只坐在公园木椅上晒太阳。这时候做子女的就要因材施教，教他的父母不可自暴自弃，应该"当一天和尚撞一天钟""人生七十才开始"。西谚有云："没有狗老得不能学新把戏。"岂可人不如狗？并且可以很容易地举出许多榜样，例如：

一、摩西老祖母一百岁时还在画画。

二、罗素九十四岁时还在奔走世界和平。

三、萧伯纳九十二岁还在编戏。

四、史怀泽八十九岁还在非洲行医。

五、歌德写完他的《浮士德》时是八十三岁。

旁敲侧击，教他见贤思齐，争上游，不可以自甘老朽，饱食终日。游手好闲，耗吃等死，就是没出息。年轻人没出息，犹有指望，指望他有朝一日悛悔自新。上了年纪的人没出息，还有什么指望？二辈子！

孩子已经长大成人，甚至已经生男育女，在父母眼中他还是孩子。所以老莱子彩衣娱亲，仆地作儿啼，算是孝行。那时候他已经行年七十，他的父母该是九十以上的人了。这种孝行如今不可能发生。如今的孩子，翅膀一硬，就要远走高飞，此后男婚女嫁，小两口子自成一个独立的单位，五世同堂乃成为一种幻想，或竟是梦魇。现代子女应该早早提醒父母，老境如何打发，宜早为之计，告诉他们如何储蓄以为养老之资，如何锻炼身体以免百病丛生。最重要的是要他们心里有所准备，需要自求多福。颐养天年，与儿女无涉。俗语说："一个人可以养活十个儿子，十个儿子养不活一个爸爸。"那就是因为儿子本身也要养活儿子，自顾不暇，既要承上，又要启下，忙不过来。

十个儿子互相推诿，爸爸就没人管了。

代沟之说，有相当的道理。不过这条沟如何沟通，只好潜移默化，子女对父母未便耳提面命。上一代的人有许多怪习惯，例如，父母对于用钱的方式，就常不为子女所了解。年轻人心里常嘀咕，你要那么多钱干什么？一个钱也带不了棺材里去！一个钱看得像斗大，一串串地穿在肋骨上，就是舍不得摘下来。眼瞧着钱财越积越多，而生活水准不见提高。嘀咕没有用，要事实上逐步提示新的生活模式。看他的一把座椅缺了一只脚，垫着一块砖，勉强凑合，你便不妨给他买一张转椅躺椅之类，看他肯不肯坐。看他的衣服捉襟见肘，污渍斑斑，你便不妨给他买一件松松大大的夹克，看他肯不肯穿。这当然不免要破费几文，然而这是个案研究的教学法，教具是免不了的。终极目的是要父母懂得如何过现代的生活，要让他知道消费未必就是浪费。

勤俭起家的人无不爱惜物资。一颗饭粒都不可剩在碗里，更不可以落在地上。一张纸，一根绳，都不能委弃，以至家家都有一屋子的破铜烂铁。陶侃竹头木屑的故事一直传为美谈，须知陶侃至少有储存那些竹头木屑的地方。如今三房两厅的逼仄的局面，如何容得下那一大堆的东西？所以作为子女的在家里要不时地负起清除家里陈年垃圾的责任。要教导父母，莫要心疼，旧的不去，新的不来。

我们中国人一般没有立遗嘱的习惯，尽管死后子女打得头破血出，或是把一张楠木桌锯成两半以便平分，或是缠讼经年丢人现眼，就是不肯早一点安排清楚。其原因在于讳言死。人活着的时候称死为"不讳"或"不可讳"，那意思就是说能讳时则讳，直到翘了辫子才不再讳。逼父母立遗嘱，这当然使不得。劝父母立遗嘱，也很难启齿。究竟如何使父母早立遗嘱，就要相机行事，趁父母心情开朗的时候，婉转进言，善为说辞，以不伤感情为主。等到父母病革，快到易簀的时候才请他口授遗言，似乎是太晚了一些。

教育的方法多端，言教不如身教。父母设非低能，大抵也会知道模仿。在公共场所，如果年轻人都知道不可喧哗，他们的父母大概也会不大声说话。如果年轻人都知道鱼贯排队，他们的父母也会不再攘臂抢先。如果年轻人不牵着狗在人行道上遗矢，他们的父母也许不好意思到处吐痰。种种无言之教，影响很大，父母教育儿女，儿女也教育父母，有些事情是需要解释的，例如，中年发福不是好现象，要防止血压高，要注意胆固醇等。

有些父母在行为上犯有错误，甚至恶性重大不堪造就，为人子者也负有教育的责任。子曰："事父母，几谏；见志不从，又敬而不违，劳而不怨。"这就是说，父母有错，要委婉劝告，不可不管；他不听，也不可放弃不管，更不可怨恨。当然，更不可以体罚。看父母那副孱弱的样子，不足以当尊拳。

谈考试

少年读书而要考试，中年做事而要谋生，老年悠闲而要衰病，这都是人生苦事。

考试已经是苦事，而大都是在炎热的夏天举行，苦上加苦。我清晨起身，常见三面邻家都开着灯弦歌不辍；我出门散步，河畔田埂上也常见有三三两两的孩子手不释卷。这都是一些好学之士吗？也不尽然。我想其中有很大一部分是在临阵磨枪。尝闻有"读书乐"之说，而在考试之前把若干知识填进脑壳的那一段苦修，怕没有什么乐趣可言。

其实考试只是一种测验的性质，和量身高体重的意思差不多，事前无需恐惧，临事更无需张皇。考的时候，把你知道的写出来，不知道的只好阙疑，如是而已。但是考试的后果太大了。万一名在孙山之外，那一份落第的滋味好生难受，其中有惭恧，有怨愤，有沮丧，有悔恨，见了人羞答答，而偏有人当面谈论这回事。这时节，人的笑脸都好像是含着讥讽，枝头鸟啭都好像是在嘲弄，很少人能不顿觉人生乏味。其后果犹不止于此，这可能是生活上一大关键，眼看着别人春风得意，自己从此走向下坡。考试的后果太重大，所以大家都把考试看得很认真。其实考试的成绩，老早地就由自己平时读书时所决定了。

人苦于不自知。有些人根本无须去受考试的煎熬，但存一种侥幸心理，希望时来运转，一试得授。上焉者临阵磨枪，苦苦准备；中焉者揣摩试题，从中取巧；下焉者关节舞弊，浑水捞鱼。用心良苦，而希望不大。现代考试方法，相当公正，甚少侥幸可能。虽然也常闻有护航顶替之类的情形，究竟是少数的例外。如果自知仅有三五十斤的体重，根本就不必去攀到千斤大秤的钩子上去吊。贸贸然去应试，只是凑热闹，劳民伤财，为别人做垫脚石而已。

对于身受考试之苦的人，我是很同情的。考试的项目多，时间久，一关一关地闯下来，身上的红血球不知要死去多少千万。从前科举考场里，听说还有人在夜里高喊："有恩的报恩，有怨的报怨！"那一股阴森恐怖的气氛是够吓人的。真有当场昏厥、疯狂、自杀的！现代的考场光明多了，不再是鬼影幢幢，可是考场如战场，还是够紧张的。我有一位同学，最怕考数学，一看题目纸，立即脸上变色，浑身寒战，草草考完之后便佝偻着身子回到寝室去换裤子！其神经系统所受的打击是可以想象的！

受苦难的不只是考生。主持考试的人也是在受考验。先说命题，出这题目来难人，好像是最轻松不过，但亦不然。千目所视，千手所指，是不能掉以轻心的。我记得我的表弟在二十几年前投考北平一个著名的医学院，国文题目是"卞壶不苟时好论"，全体交了白卷。考医学院的学生，谁又读过《晋书》呢？甚至可能还把"卞壶"读作"便壶"了呢。出这题目的是谁，我不知道，他此后是否仍然心安理得地继续活下去，我亦不知道。大概出题目不能太僻，亦不能太泛。假使考留学生，作文题目是"我出国留学的计划"，固然人人都可以诌出一篇来，但很可能有人早预备好一篇成稿，这样便很难评分而不失公道。出题目而要恰如分际，不刁钻，不炫弄，不空泛，不含糊，实在很难。在考生挥汗应考之前，命题的先生早已汗流浃背好几次了。再说阅卷，那也可以说是一种灾难。真的，曾有人于接连十二天阅卷之后，吐血而亡，这实在应该比照阵亡例议恤。阅卷百苦，尚有一乐，荒谬而可笑的试卷常常可以使人绝倒，四座传观，粲然皆笑，精神为之一振。我们不能不叹服，考生中真有富于想象力的奇才。最令人不愉快的卷子是字迹潦草的那一类，喻为涂鸦，还嫌太雅，简直是墨盒里的蜘蛛满纸爬！有人在宽宽的格子中写蝇头小字，也有人写一行字要占两行，有人全页涂抹，也有人曳白。像这种不规则的试卷，在饭前阅览，犹不过令人蹙眉；在饭后阅览，则不免令人恶心。

有人颇艳羡美国大学之不用入学考试。那种免试升学的办法是否适合我们的国情，是一个问题。据说考试是我们的国粹，我们中国人好像自古以来就是"考省不倦"的。考试而至于科举可谓登峰造极，三榜出身仍是唯一的正规出路。至于今，考试在我们的生活当中已成为不可少的一部分。英国的卡莱尔在他的《英雄与英雄崇拜》里曾特别指出，中国的考试制度，作为选拔人才的方法，实在太高明了。所谓政治学，其要义之一即是如何把优秀的分子选拔出来放在社会的上层。中国的考试方法，由他看来，是最聪明的方法。照例，外国人说我们的好话，听来特别顺耳，不妨引来自我陶醉一下。平心而论，考试就和选举一样，属于"必需的罪恶"一类，在想不出更好的办法之前，考试还是不可废的。我们现在所能做的，是如何改善考试的方法，要求其简化，要求其合理，不要令大家把考试看作为戕贼身心的酷刑！

听，考场上战鼓又响了，由远而近！

谈友谊

朋友居五伦之末，其实朋友是极重要的一伦。所谓友谊实即人与人之间的一种良好的关系，其中包括了解、欣赏、信任、容忍、牺牲……诸多美德。如果以友谊做基础，则其他的各种关系如父子夫妇兄弟之类均可圆满地建立起来。当然父子兄弟是无可选择的永久关系，夫妇虽有选择余地，但一经结合便以不再仳离为原则，而朋友则是有聚有散可合可分的。不过，说穿了，父子、夫妇、兄弟都是朋友关系，不过形式性质稍有不同罢了。严格地讲，凡是充分具备一个朋友的条件的人，他一定也是一个好父亲、好儿子、好丈夫、好妻子、好哥哥、好弟弟。反过来亦然。

我们的古圣先贤对于交友一端是甚为注重的。《论语》里面关于交友的话很多，在西方亦是如此。罗马的西塞罗有一篇著名的《论友谊》，法国的蒙田、英国的培根、美国的爱默生，都有论友谊的文章。我觉得近代的作家在这个问题上似乎不大肯费笔墨了。这是不是叔季之世友谊没落的象征呢？我不敢说。

古之所谓"刎颈交"，陈义过高，非常人所能企及。如 Damon 与 Pythias，David 与 Jonathan，怕也只是传说中的美谈吧。就是把友谊的标准降低一些，真正能称得起朋友的还是很难得。试想一想，如有银钱经手的事，你信得过的朋友能有几人？在你蹭蹬失意或疾病患难之中还肯登门拜访乃至雪中送炭的朋友又有几人？你出门在外之际对于你的妻室弱媳肯加照顾而又不照顾得太多者又有几人？再退一步，平素投桃报李，莫逆于心，能维持长久于不坠者，又有几人？总角之交，如无特别利害关系以为维系，恐怕很难在若干年后不变成路人。富兰克林说："有三个朋友是最忠实可靠的——老妻、老狗与现款。"妙的是这三个朋友都不是朋友。倒是亚里士多德的一句话最干脆："我的朋友们啊！世界上根本没有朋友。"这些话近于愤世嫉俗，事实上世界里还是有朋友的，不过虽然无须打着灯笼去找，却是像沙里淘金，而且还需要长时间的洗练。一旦真铸成了友谊，便会金石同坚，永不退转。

大抵物以类聚，人以群分。臭味相投，方能永以为好。交朋友也讲究门当户对，纵不必像九品中正那么严格，也自然有个界限。"同学少年多不贱，五陵裘马自轻肥"，于"自轻肥"之余还能对着往日的旧友而不把眼睛移到眉毛上边去吗？汉光武帝容许严子陵把他的大腿压在自己的肚子上，固然是雅量可风，但是严子陵之毅然决然地归隐于富春山，则尤为知趣。朱洪武写信给他的一位朋友说："朱元璋做了皇帝，朱元璋还是朱元璋……"话自管说得很漂亮，看看他后来之诛戮功臣，也就不免令人心悸。人的身心构造原是一样的，但是一入宦途，可能发生突变。孔子说："无友不如己者。"我想一来只是指品学而言，二来只是说不要结交比自己坏的，并没有说一定要我们去高攀。友谊需要两造，假如双方都想结交比自己好的，那便永远交不起来。

好像是王尔德说过，"一个男人与一个女人之间是不可能有友谊存在的。"就一般而论，这话是对的，因为男女之间如有深厚的友谊，那友谊容易变质，如果不是心心相印，那又算不得是友谊。过犹不及，那分际是难以把握的。忘年交倒是可能的。祢衡年未二十，孔融年已五十，便相交友，这样的例子史不绝书。但似乎是也以同性为限。并且以我所知，忘年交之形成固有赖于兴趣之相近与互相之器赏，但年长的一方面多少需要保持一点童心，年幼的一方面多少需要显着几分老成。老气横秋则令人望而生畏，轻薄儇佻则人且避之若浼。单身的人容易交朋友，因为他的情感无所寄托，漂泊流离之中最需要一个一倾积愫的对象，可是等到他有红袖添香稚子候门的时候，心境便不同了。

"君子之交淡如水"，因为淡所以才能不腻，才能持久。"与朋友交，久而敬之。"敬也就是保持距离，也就是防止过分亲昵。不过"狎而敬之"是很难的。最要注意的是，友谊不可透支，总要保留几分。Mark Twain（马克·吐温）说："神圣的友谊之情，其性质是如此的甜蜜、稳定、忠实、持久，可以终生不渝，如果朋友不开口向你借钱。"这真是慨而言之。朋友本有通财之谊，但这是何等微妙的一件事！世上最难忘的事是借出去的钱，一般认为最倒霉的事又莫过于还钱。一牵涉到钱，恩怨便很难清算得清楚，多少成长中的友谊都被这阿堵物所戕害！

规劝乃是朋友中间应有之义，但是谈何容易。名利场中，沆瀣一气，自己都难以明辨是非，哪有余力规劝别人？而在对方则又良药苦口忠言逆耳，谁又愿意让人批他的逆鳞？规劝不可当着第三者的面前行之，以免伤他的颜面，不可在他情绪不宁时行之，以免逢彼之怒。孔子说："忠告则善道之，不可则止。"我总以为劝善规过是友谊之消极的作用。友谊之乐是积极的。只有神仙与野兽才喜欢孤独，人是要朋友的。"假如一个人独自升天，看见宇宙的大观，群星的美丽，他并不能感到快乐，他必要找到一个人向他述说他所见的奇景，他才能快乐。"共享快乐，比共受患难，应该是更正常的友谊中的趣味。

废话

常有客过访，我打开门，他第一句话便是："您没有出门？"
我当然没有出门，如果出门，现在如何能为你启门？那岂非是
活见鬼？他说这句话也不是表讶异。人在家中乃寻常事，何惊
诧之有？如果他预料我不在家才来造访，则事必有因，发现我
竟在家，更应该不露声色，我想他说这句话，只是脱口而出，
没有经过大脑，犹如两人见面不免说一句"今天天气……"之类
的话，聊胜于两个人都绷着脸一声不吭而已。没有多少意义的
话就是废话。

人不能不说话，不过废话可以少说一点。十一世纪时罗马
天主教会在法国有一派僧侣，专主苦修冥想，是圣·伯鲁诺所
创立，名为 Carthusians（加尔都西会），盖因地而得名，他的基

本修行方法是不说话，一年到头地不说话。每年只有到了将近年终的时候，特准交谈一段时间，结束的时刻一到，尽管一句话尚未说完，大家立刻闭起嘴巴。明年开禁的时候，两人谈话的第一句往往是"我们上次谈到……"一年说一次话，其间准备的时光不少，废话一定不多。

梁武帝时，达摩大师在嵩山少林寺，终日面壁，九年之久，当然也不会随便开口说话，这种苦修的功夫实在难能可贵。明莲池大师《竹窗随笔》有云："世间酖醴醇醴，藏之弥久而弥美者，皆繇封锢牢密不泄气故。古人云：'二十年不开口说话，向后佛也奈何你不得。'旨哉言乎！"一说话就怕要泄气，可是这一口气憋二十年不泄，真也不易。监狱里的重犯，常被判处独居一室，使无说话机会，是一种惩罚。畜生没有语言文字，但是也会发出不同的鸣声表示不同的情意。人而不让他说话，到了寂寞难堪的时候真想自言自语，甚至说几句废话也是好的。

可是说话自由的时候，还是少说废话为宜。"群居终日，言不及义，好行小慧，难矣哉！"那便是废话太多的意思。现代的人好像喜欢开会，一开会就不免有人"致辞"，而致辞者常常是长篇大论，直说得口燥舌干，也不管听者是否恹恹欲睡欠伸连连。《孔子家语》："庙堂右阶之前，有金人焉，三缄其口，而铭其背曰：'古之慎言人也。'"能慎言，当然于慎言之外不会多说废话。三缄其口只是象征，若是真的三缄其口，怎么吃饭？

串门子闲聊天，已不是现代社会所允许的事，因为大家都忙，实在无暇闲磕牙。不过也有在闲聊的场合而还侈谈本行的正经事者，这种人也讨厌。最可怕的是不经预先约定而闯上门来的长舌妇或长舌男，他们可以把人家的私事当作座谈的资料。某人资产若干，月入多少，某人芳龄几何，美容几次，某人帷薄不修，某人似有外遇，……说得津津有味，实则有伤口业的废话而已。

行文也最忌废话。《朱子语类》里有两段文字：

> "欧公文，亦多是修改到妙处。顷有人买得他醉翁亭稿。初说滁州四面有山，凡数十字，末后改定，只曰'环滁皆山也'五字而已。如寻常不经思虑，信意所作言语，亦有绝不成文理者，不知如何。"

> "南丰过荆襄，后山携所作以谒之。南丰一见爱之，因留款语，适欲作一文字，事多，因托后山为之，且授以意。后山文思亦涩，穷日之力方成，仅数百言，明日以呈南丰。南丰云：'大略也好，只是冗字多，不知可分略删动否？'后山因请改窜。但见南丰就坐，取笔抹数处，每抹处连一两行，便以授后山，凡削去一二百字。后山读之，则其意尤完，因叹服，遂以为法，所以后山文字简洁如此。"

前一段说的是欧阳修的《醉翁亭记》。开端第一句"环滁皆山也",不说废话,开门见山,是从数十字中删汰而来。后一段记的是陈后山为文数百言,由曾巩削去一二百个冗字,而文意更为完整无瑕。凡为文者皆须知道文字须要简练,简言之,就是少说废话。

旅行

我们中国人是最怕旅行的一个民族。闹饥荒的时候都不肯轻易逃荒，宁愿在家乡吃青草啃树皮吞观音土，生怕离乡背井之后，在旅行中流为饿莩，失掉最后的权益——寿终正寝。至于席丰履厚的人更不愿轻举妄动，墙上挂一张图画，看看就可以当"卧游"，所谓"一动不如一静"。说穿了"太阳下没有新鲜事物"。号称山川形胜，还不是几堆石头一汪子水？

我记得做小学生的时候，郊外踏青，是一桩心跳的事，多早就筹备，起个大早，排成队伍，擎着校旗，鼓乐前导，事后下星期还得作一篇《远足记》，才算功德圆满。旅行一次是如此的庄严！我的外祖母，一生住在杭州城内，八十多岁，没有逛过一次西湖，最后总算去了一次，但是自己不能行走，抬到了西湖，就没有再回来——葬在湖边山上。

古人云，"一生能着几两屐？"这是劝人及时行乐，莫怕多费几双鞋。但是旅行果然是一桩乐事吗？其中是否含有多少苦恼的成分呢？

出门要带行李，那一个几十斤重的五花大绑的铺盖卷儿便是旅行者的第一道难关。要捆得紧，要捆得俏，要四四方方，要见棱见角，与稀松露馅的大包袱要迥异其趣，这已经就不是一个手无缚鸡之力的人所能胜任的了。关卡上偏有好奇人要打开看看，看完之后便很难得再复原。"乘兴而来，兴尽而返。"很多人在打完铺盖卷儿之后就觉得游兴已尽了。在某些国度里，旅行是不需要携带铺盖的，好像凡是有床的地方就有被褥，有被褥的地方就有随时洗换的被单——旅客可以无牵无挂，不必像蜗牛似的顶着安身的家伙走路。携带铺盖究竟还容易办得到，但是没听说过带着床旅行的，天下的床很少没有臭虫设备的。我很怀疑一个人于整夜输血之后，第二天还有多少精神游山逛水。我有一个朋友发明了一种服装，按着他的头躯四肢的尺寸做了一件天衣无缝的睡衣，人钻在睡衣里面，只留眼前两个窟窿，和外界完全隔绝——只是那样子有些像是×××，夜晚出来曾经几乎吓死一个人！

原始的交通工具，并不足为旅客之苦。我觉得"滑竿""架子车"都比飞机有趣。"御风而行，泠然善也"，那是神仙生涯。

在尘世旅行，还是以脚能着地为原则。我们要看朵朵的白云，但并不想在云隙里钻出钻进；我们要"横看成岭侧成峰，远近高低各不同"，但并不想把世界缩小成假山石一般玩物似的来欣赏。我惋惜弥尔顿所称述的中土有"挂帆之车"尚不曾坐过。交通工具之原始不是病，病在于舟车之不易得，车夫舟子之不易缠，"衣帽自看"固不待言，还要提防青纱帐起。刘伶"死便埋我"，也不是准备横死。

旅行虽然夹杂着苦恼，究竟有很大的乐趣在。旅行是一种逃避——逃避人间的丑恶。

"大隐藏人海"，我们不是大隐，在人海里藏不住。岂但人海里安不得身？在家园也不容易遁迹。成年地圈在四合房里，不必仰屋就要兴叹；成年地看着家里的那一张脸，不必牛衣也要对泣。家里面所能看见的那一块青天，只有那么一大块。取之不尽用之不竭的清风明月，在家里都不能充分享用，要放风筝需要举着竹竿爬上房脊，要看日升月落需要左右邻居没有遮拦。走在街上，熙熙攘攘，磕头碰脑的不是人面兽，就是可怜虫。在这种情形之下，我们虽无勇气披发入山，至少为什么不带着一把牙刷捆起铺盖出去旅行几天呢？在旅行中，少不了风吹雨打，然后倦飞知还，觉得"在家千日好，出门一时难"，这样便可以把那不可容忍的家变成为暂时可以容忍的了。下次忍耐不住的时候，再出去旅行一次。如此地折腾几回，这一生也就差不多了。

旅行中没有不感觉枯寂的，枯寂也是一种趣味。哈兹里特（Hazlitt）主张在旅行时不要伴侣，因为："如果你说路那边的一片豆田有股香味，你的伴侣也许闻不见。如果你指着远处的一件东西，你的伴侣也许是近视的，还得戴上眼镜看。"一个不合意的伴侣，当然是累赘。但是人是个奇怪的动物，人太多了嫌闹，没人陪着嫌闷。耳边嘈杂怕吵，整天咕嘟着嘴又怕口臭。旅行是享受清福的时候，但是也还想拉上个伴。只有神仙和野兽才受得住孤独。

在社会里我们觉得面目可憎语言无味的人居多，避之唯恐或晚，在大自然里又觉得人与人之间是亲切的。到美国落基山上旅行过的人告诉我，在山上若是遇见另一个旅客，不分男女老幼，一律脱帽招呼，寒暄一两句。还是很有意味的一个习惯。大概只有在旷野里我们才容易感觉到人与人是属于一门一类的动物，平常我们太注意人与人的差别了。

真正理想的伴侣是不易得的，客厅里的好朋友不见得即是旅行的好伴侣，理想的伴侣须具备许多条件，不能太脏，如嵇叔夜"头面常一月十五日不洗，不太闷痒不能沐"；也不能有洁癖，什么东西都要用火酒揩；不能如泥塑木雕，如死鱼之不张嘴，也不能终日喋喋不休，整夜鼾声不已；不能油头滑脑，也不能蠢头呆脑，要有说有笑，有动有静，静时能一声不响地陪着你看行云、听夜雨，动时能在草地上打滚像一条活鱼！这样的伴侣哪里去找？

谈礼

礼不是一件可怕的东西，不会"吃人"。礼只是人的行为的
规范。如果人人都自由行动，社会上的秩序必定要大乱，法律
是维持秩序的一套方法，但是关于法律的力量不及的地方，为
了使人能更像是一个人，使人的生活更像是人的生活，礼便应
运而生。礼是一套法则，可能有官方制定的成分在内，亦可能
有世代沿袭的成分在内，在基本精神上还是约定俗成的性质，
行之既久，便成为大家公认共守的一套规则。一套礼法也不是
一成不变的，事实上是随时在变，不过可能变得很慢，可能赶
不上时代环境之变迁得那样快，因此至少在形式上可能有一部
分变成不合时宜的东西。礼，除非是太不合理，总是比没有的好，
这道理有一点像"坏政府胜于无政府"。有些人以为礼是陈腐有

害的东西，这看法是不对的。

我们中国是礼仪之邦，一向是重礼法的。见于书本的古代的祭礼、丧礼、婚礼、士相见礼等，那是一套，事实上社会上流行的又是一套，现行的一套即是古礼之逐渐的个别的修正，虽然各地情形不同，大体上尚有规模存在，等到中西文化接触之后便比较有紊乱的现象了。紊乱尽管紊乱，礼还是有的，制礼定乐之事也许不是当前急务，事实上吾人之生活中未曾一日无礼。问题是我们是否认真地严肃地遵循着礼。孔门哲学以"克己复礼"为做人的大道理。意即为吾人行事应处处约束自己使合于礼的规范。怎样才是非礼勿视，非礼勿言，非礼勿动，那是值得我们随时思考警惕的。

读书人应该知道礼，但是有些人偏不讲礼，即所谓名士。六朝时这种名士最多，《世说新语》载阮籍的一句话最有趣，"礼岂为我辈设也？"好像礼是专为俗人而设。又载这样的一段故事：

> 阮步兵丧母，裴令公往吊之。阮方醉，散发坐床，箕踞不哭。裴至，下席于地，哭吊唁毕，便去。或问裴："凡吊，主人哭，客乃为礼。阮既不哭，何为哭？"裴曰："阮方外之人，故不崇礼制。我辈俗中人，故以仪轨自居。"时人叹为两得其中。

没有阮籍之才的人，还是以仪轨自居为宜。像阮步兵之流，可以欣赏，不可以模仿。

中西礼节不同。大部分在基本原则上并无二致，小部分因各有传统亦不必强同。以中国人而用西方的礼，有时候觉得颇不合适，如必欲行西方之礼则应知其全部底蕴，不可徒效其皮毛，乱加使用。例如，握手乃西方之礼，但后生小子在长辈面前不可首先遽然伸手，因为长幼尊卑之序终不可废，中西一理。再例如，祭祖先是我们家庭传统所不可或缺的礼，其间绝无迷信或偶像崇拜之可言，只是表示"慎终追远"的意思，亦合于我国所谓之孝道，虽然是西礼之所无，然义不可废。我个人觉得，凡是我国之传统，无论其具有何种意义，苟非荒谬残酷，均应不轻予废置。再例如，电话礼貌，在西方甚为重视，访客之礼、探病之礼，均有不成文之法则，吾人亦均应妥为仿行，不可忽视。

礼是形式，但形式背后有重大的意义。

谈时间

希腊哲学家 Diogenes（弟欧根尼）经常睡在一只瓦缸里，有一天亚历山大皇帝走去看他，以皇帝的惯用的口吻问他："你对我有什么请求吗？"这位玩世不恭的哲人翻了翻白眼，答道："我请求你走开一点，不要遮住我的阳光。"

这个家喻户晓的小故事，究竟含义何在，恐怕见仁见智，各有不同的看法。我们通常总是觉得那位哲人视尊荣犹敝屣，富贵如浮云，虽然皇帝驾到，殊无异于等闲之辈，不但对他无所希冀，而且亦不必特别地假以颜色。可是约翰逊博士另有一种看法，他认为应该注意的是那阳光，阳光不是皇帝所能赐予的，所以请求他不要把他所不能赐予的夺了去。这个请求不能算奢，却是用意深刻。因此约翰逊博士由"光阴"悟到"时间"，时间也者虽然也是极为宝贵，而也是常常被人劫夺的。

"人生不满百"，大致是不错的。当然，老而不死的人，不是没有，不过期颐以上不是一般人所敢奢望的，数十寒暑当中，睡眠占去了很大一部分。苏东坡所谓"睡眠去其半"，稍嫌有点夸张，大约三分之一左右总是有的。童蒙一段时期，说它是天真未凿也好，说它是昏昧无知也好，反正是浑浑噩噩，不知不觉；及至寿登耄耋，老悖聋瞑，甚至"佳丽当前，未能缱绻"，比死人多一口气，也没有多少生趣可言。掐头去尾，人生所余无几。就是这短暂的一生，时间亦不见得能由我们自己支配。约翰逊博士所抱怨的那些不速之客，动辄登门拜访，不管你正在怎样忙碌，他都觉得宾至如归，这种情形固然令人啼笑皆非，我觉得究竟不能算是怎样严重的"时间之贼"。他只是在我们有限的资本上抽取一点捐税而已。我们的时间之大宗的消耗，怕还是要由我们自己负责。

有人说："时间即生命。"也有人说："时间即金钱。"二说均是，因为有人根本认为金钱即生命。不过细想一下，有命斯有财，命之不存，财于何有？要钱不要命者，固然实繁有徒，但是舍财不舍命，仍然是较聪明的办法。所以《淮南子》说："圣人不贵尺之璧而重寸之阴，时难得而易失也。"我们幼时，谁没有作过"惜阴说"之类的课艺？可是谁又能趁早体会到时间之"难得而易失"？我小的时候，家里请了一位教师，书房桌上有一座钟，我和我的姐妹常趁教师不注意的时候把时钟往前拨快半个钟头，以便提早放学，后来被老师觉察了，他用朱笔在窗户纸上的太阳阴影画一痕记，作为放学的时刻，这才息了逃学的念头。

时光不断地在流转，任谁也不能攀住它停留片刻。"逝者如斯夫，不舍昼夜！"我们每天撕一张日历，日历越来越薄，快要撕完的时候便不免矍然以惊，惊的是又临岁晚，假使我们把几十册日历装为合订本，那便象征我们的全部的生命，我们一页一页地往下扯，该是什么样的滋味呢！"冬天一到，春天还会远吗？"可是你一共能看见几次冬尽春来呢？

不可挽住的就让它去吧！问题在，我们所能掌握的尚未逝去的时间，如何去打发它，梁任公先生最恶闻"消遣"二字，只有活得不耐烦的人才忍心地去"杀时间"。他认为一个人要做的事情太多，时间根本不够用，哪里还有时间可供消遣？不过打发时间的方法，亦人各不同，士各有志。乾隆皇帝下江南，看见运河上舟楫往来，熙熙攘攘，顾问左右："他们都在忙些什么？"和珅侍卫在侧，脱口而出："无非名利二字。"这答案相当正确，我们不可以人废言。不过三代以下唯恐其不好名，大概名利二字当中还是利的成分大些。"人为财死，鸟为食亡。"时间即金钱之说仍属不诬。诗人华兹华斯有句：

尘世耗用我们的时间太多了，夙兴夜寐，

赚钱挥霍，把我们的精力都浪费掉了。

所以有人宁可循迹山林，享受那清风明月，"侣鱼虾而友麋鹿"，过那高蹈隐逸的生活。诗人济慈宁愿长时间地守着一株花，看那花苞徐徐展瓣，以为那是人间至乐。嵇康在大树底下扬锤打铁，"浊酒一杯，弹琴一曲"；刘伶"止则操卮执觚，动则挈榼提壶"，一生中无思无虑其乐陶陶。这又是一种颇不寻常的方式。最彻底的超然的例子是《传灯录》所记载的"南泉禅师问陆宣曰：'大夫十二时中作么生？'陆云：'寸丝不挂！'"寸丝不挂即是了无挂碍之谓，"本来无一物，何处染尘埃？"这境界高超极了，可以说是"以天地为一朝，万期为须臾"，根本不发生什么时间问题。

人，诚如波斯诗人奥玛·海亚姆所说，来不知从何处来，去不知向何处去，来时并非本愿，去时亦未征得同意，稀里糊涂地在世间逗留一段时间。在此期间内，我们是以心为形役呢？还是立德立功立言以求不朽呢？还是参究生死直超三界呢？这大主意需要自己拿。

谈学者

在上一期的《文星》里看到居浩然先生的一篇文章，他把 Scholarship 一词译为"学格"。这一个词是不容易翻译得十分恰当的，因为它的含义不太简单。从字面上讲，这个词分两部分，scholar+ship，其重心还是在前一半，ship 表示特征、性质、地位等。韦氏字典所下的定义是：character or qualities of scholar；attainments in science or literature, formerly in classical literature；learning. 这一定义好像是很简单明了，但是很值得我们想一想。什么是学者的特征与性质呢？换言之，怎样才能是一个学者呢？居先生提出了三点，第一是诚实，第二是认真，第三是纪律。愿再补充申说一下。

学者以探求真理为目的，故不求急功近利。学者研究一个问题，往往是很小的而且很偏僻的问题，不惜以狮子搏兔的手段，小题大做，有时候像是迂腐可笑，有时候像是玩物丧志。这种研究可能发生很大的影响，或给人以重要的启示，但亦可能不生什么实际的效果。在学者自身看来，凡是探求真理的努力都是有价值的，题目不嫌其小，不嫌其偏，但求其能有所发现，纵然终于不能有所发现，其探讨的过程仍然是有价值的。学者的态度是"无所为而为"的，是不计功利的。一个有志于学的人，我们只消看看他所研究的题目，就可以约略知道他是否有走上学问之途的希望。学者有时为了探讨真理，不惜牺牲其生命，不惜与权威抗争，不为利诱自然是更不待言的了。

小题大做并不是一件容易事。要小题大做需先尽力发掘前人研究的成果与过程；需先对于此一小题所牵涉的其他各方面的材料做一广泛的探讨，然后方能正式着手。题小，然后才能精到。可是这精到仍是建在广博的基础之上。题目若是大，则纵然用功甚勤，仍常嫌肤泛，可供通俗阅览，不能作专门参考。高谈义理，固然也是学问，不过若无切实的学识做后盾，便要流于空疏。题小而要大作，才能透彻，才能深入，才能巨细靡遗。所以学问之道是艰辛的。

学者有学者的尊严。他不屑于拾人涕唾，有所引证必注明出处，正文里不便述说则皆加脚注，最低限度引号是少不得的。凡是正式论文，必定脚注很多，这样可显示作者的功力与负责的态度。不注明出处，一方面是掠人之美，一方面是削弱了自己论证的力量。论文后面总是附有参考书目，从这书目也可窥见学者的素养。学者不发表正式论文则已，发表则必定全盘公布他的研究经过，没有一点夹带藏掖。

学者不肯强不知以为知。自己没有把握的材料，不但不可妄加议论，即使引述也往往失当，纰漏一出，识者齿冷。尝见文史作者，引证最新科学资料，或国学大师，引证外国文字，一知半解，引喻失当，自以为旁征博引，头头是道，实则暴露自己之无知与大胆，有失学者风度。

有了学者的态度，穷年累月地锲而不舍，自然有相当的造诣。但学者，永远是虚心的，偶有所得，亦不敢沾沾自喜，更不肯大吹大擂地目空一切，做小家子气。剑拔弩张的，火辣辣的，不是学者的气息，学者是谦冲的，深藏若虚的。

学者风度，中外一理。不过以我们的学校制度以及设备环境而论，我们要继续不断地一批批地培养学者，似乎甚有困难。以文字训练来说，现代文、古文、外国文都极重要，缺一不可，这只是工具的训练，并不是学问本身，而我们的一般青年学子中能有几人粗备语言文字的根底？现在的大学很少有淘汰作用，一入大学，便注定可以毕业，敷衍松懈，在学问上无纪律之可言，上课钟点奇多，而每课都是稀松。到外国去留学的学生，一开学便叫苦连天，都说功课分量重，一星期上三门课便忙不过来。

以此例彼，便可知我们的教育积弊之所在。我们的学者，绝大部分都是努力自修成功的，很少是学校机构培养出来的。这不是办法。国家不能等待着学者们自生自灭，国家需要有计划地培植青年学者，大量地生产，使之新陈代谢，日益精进。这不是一纸命令的事，也不是添设机构即可奏效，最要紧的莫过于稳定的生活与充足的设备。讲到学者的养成，所有的学术教育机构皆有责任。有人讥笑我们为文化沙漠，我们也大半自承学术气氛不足。须知现代的学者和从前不同，从前的人可以焚膏继晷皓首穷经，那时候的学术领域比较狭窄，现代的人做学问不能抱残守缺，需要图书馆、实验室的良好设备来做辅助。我深感我们的高级学府培育人才，实际上是漫无目标，毕业出来的学生从事专门职业，则常嫌准备不足，继续研究做学问，则大部分根底也很差。这是很可虑的。

为什么不说实话

听一个朋友说起一个有趣的故事，这是个老故事，但我是初次听见，所以以为有趣。他说：

有一间酒店，隔壁住着好几个酒徒，酒徒竟偷酒喝，偷酒的方法是凿壁成穴，以管入酒缸而吸饮之，轮流吸饮，每天夜晚习以为常。酒店老板初而惊讶酒浆损失之巨，继而暗叹酒徒偷饮技术之精，终乃思得报复之道。老板不动声色，入晚于置酒缸之处改置小便桶，内中便溺洋溢，不可向迩。夜深人静，酒徒又来吮饮，争先恐后，欲解馋吻。甲尽力一吸，饱尝异味，挤眉咧嘴，汩汩自喉而下，刚要声张，旋思我若声张，别人必不再来上当，我独自吃亏，岂不太冤枉乎？有亏大家吃。于是甲连呼"好酒！好酒"而退。乙继之，亦同样上当，亦同样不肯独自上当，亦连呼"好酒！好酒"而退。丙丁戊己，循序而饮，全体酒徒均得分润。事毕环立，相视而笑。

我听过这个故事之后，心里有一点儿明白为什么有些人不肯说老实话。有些人宁愿自己吃亏，宁愿跟着别人吃亏，宁愿套引别人跟着他吃亏，也不愿意把实感坦白说出来。因为说出来之后，别人就不再吃亏，而他自己就显得特别委屈。别人和他同样吃亏，他就觉得有人陪着他吃亏，不冤枉了。

我又想：万一其中有一个心直口快的，将老实话脱口而出，这个人会有怎样的遭遇呢？我想这个人是不受欢迎的，并且还要受到诅咒，尤其是那些已经饮过小便而貌作饮过醇酿的人，必定要骂这人是个呆瓜！

要下水，大家都下水。谁也不说老实话，说老实话的就是呆瓜！

这种心理，到处皆然，要不得！

小声些

我觉得我们中国人的喉咙之大，在全世界，可称首屈一指。无论是开会发言，客座谈话，商店交易，或其他公众的地方，说话的声音时常是尖而且锐，声量是洪而且宽，耳膜脆弱一点的人，往往觉得支持不住。我们的华侨在外国，谈起话来，时常被外国人称作"吵闹的勾当"（Noisy business），我以为是良有以也。

在你好梦正浓的时候，府上后门便发一声长吼，接着便是竹帚和木桶的声音。那一声长吼是从人喉咙里发出来的，然而这喉咙就不小，在外国就是做一个竞争选举时的演说员，也绰绰有余。

挑着担子的小贩，走进弄堂，扯开嗓子连叫带唱地喊一顿，我时常想象着他的面红筋突的样子。假如弄里有出天花的老太太，经他这一喊，就许一惊而绝。

坐在影戏院里，似乎大家都可以免开尊口了，然而也不尽然，你背后就许有两位太太叽叽咕咕地谈论影片里的悲欢离合，你越不爱听，她的声音越高。在火车里，在轮船里，听听那滔滔不断的谈话的声音，真足以令人后悔生了两只耳朵。

喉咙稍微大一点，不算丑事。且正可以表示我们的一点国民性——豪爽，直率，堂皇。不过有时为耳部卫生起见，希望这一点国民性不必十分地表现出来。朋友们，小声些！

敬老

重九那一天，报纸上嚷嚷说要敬老。我记得前几年敬老还有仪式，许多七老八十的人被邀请到大会堂，于敬聆官长致辞之后，各得大碗面一碗，呼噜呼噜地当众表演吃面。在某一年，其中有某一位老者，不知是临面欢欣兴奋过度，还是饥火烧肠奋不顾身，竟白眼一翻当场噎死。从此敬老之面因噎废食，改为亲民之官致送礼品。根据《礼记·曲礼》，"七十曰老"，我们这个市里七十以上的达一万七千多位，所以市长纡尊降贵亲自登门送礼致敬的则限于年在百龄以上之人瑞，所以表示殊荣。

重九很快过去，报纸忙着嚷嚷别的节日，谁还能天天敬老？一年一度，适可而止。敬老之事我已淡忘，有一天里干事先生亲自骑着脚踏车送来纸匣装着的饭碗一对，说明这是赠给拙荆的，不错，她今年七十，我还不够资格，我须到明年才能领受饭碗。我接过纸匣。手上并不觉得沉甸甸，知非金碗，当即放心收下。里干事先生掉头而去，我看他脚踏车上后面一大纸箱，里面至少有几十匣饭碗。

这一对饭碗，白白净净，光光溜溜，碗口好像微有起伏不平之状，碗底有英文字样，细辨之则为 Chilong China，显然是准备外销或已外销而又被退回的国货。是国货我就喜欢。碗上有两丛兰花，像郑思肖画的露根兰花——不，不是兰花，是稻谷，所谓嘉禾。碗上朱笔写着"五十九年老人节纪念，台北市市长高玉树敬赠"。我把玩了一阵，实在舍不得天天捧着使用，只好放在柜橱里什袭藏之。

饭碗当然是以纯金制者为最有分量，但是瓷质饭碗也就足够成为吉祥的象征。民以食为天，人最怕的就是没有饭吃，尤其是怕老来没有饭吃。饭碗是吃饭的家伙，先有了饭碗然后才可以进一步往里面装饭。若能把两碗饭装在一只碗里，高高的，凸凸的，吃起来碰鼻头，四川人所谓的"帽儿头"，那是人生最高境界。即或碗内常空，或只能装到几分满，令人吃不饱饿不死，也能给人带来一份职业清高的美誉。多少人栖栖惶惶地寻找饭碗，多少人蝇营狗苟地谋求饭碗，又有多少人战战兢兢地唯恐打破饭碗！

老年饱经世变，与人无争，只希望平平安安地有碗饭吃，就心满意足，所以在这时节送上饭碗一对，实在等于是善颂善祷，努力一加飧饭，适合国情之至。

敬老尊贤四个字是常连用的，其实老未必皆贤，老而不死者比比皆是，贤亦未必皆老，不幸短命死矣的人亦实繁有徒，唯有老而且贤，贤而且老，才真值得受人尊敬。

这种事，大家都宁愿睁一眼闭一眼，不欲苦追求。

百龄人瑞，年年有人拜访，叩问的大率是养生之术，不及其他。可以说是纯敬老。

谦让

谦让仿佛是一种美德，若想在眼前的实际生活里寻一个具体的例证，却不容易。类似谦让的事情近来似很难得发生一次。就我个人的经验说，在一般宴会里，客人入席之际，我们最容易看见类似谦让的事情。

一群客人挤在客厅里，谁也不肯先坐，谁也不肯坐首座，好像"常常登上座，渐渐入祠堂"的道理是人人所不能忘的。于是你推我让，人声鼎沸。辈分小的，官职低的，垂着手远远地立在屋角，听候调遣。自以为有占首座或次座资格的人，无不攘臂而前，拉拉扯扯，不肯放过他们表现谦让的美德的机会。有的说："我们叙齿，你年长！"有的说："我常来，你是稀客！"有的说："今天非你上座不可！"事实固然是为让座，但是当时的声浪和唾沫星子却都表示像在争座。主人腆着一张笑脸，偶然插一两句嘴，作鹭鸶笑。这场纷扰，要直到大家的兴致均已低落，该说的话差不多都已说完，然后急转直下，突然平息，本就该坐上座的人便去就了上座，并无苦恼之相，而往往是显出踌躇满志顾盼自雄的样子。

我每次遇到这样谦让的场合，便首先想起聊斋上的一个故事：一伙人在热烈地让座，有一位扯着另一位的袖子，硬往上拉，被拉的人硬往后躲，双方势均力敌，突然间拉着袖子的手一松，被拉的那只胳臂猛然向后一缩，胳臂肘尖正撞在后面站着的一位驼背朋友的两只特别凸出的大门牙上，咔嚓一声，双牙落地！我每忆起这个乐极生悲的故事，为明哲保身起见，在让座时我总躲得远远的。等风波过后，剩下的位置是我的，首座也可以，坐上去并不头晕，末座亦无妨，我也并不因此少吃一嘴。我不谦让。

考让座之风之所以如此盛行，其故有二。第一，让来让去，每人总有一个位置，所以一面谦让，一面稳有把握。假如主人宣布，位置只有十二个，客人却有十四位，那便没有让座之事了。第二，所让者是个虚荣，本来无关宏旨，凡是半径都是一般长，所以坐在任何位置（假如是圆桌），都可以享受同样的利益。假如明文规定，凡坐过首席若干次者，在铨叙上特别有利，我想让座的事情也就少了。我从不曾看见，在长途公共汽车车站售票处，如果没有木制的长栅栏，而还能够保留一点谦让之风！因此我发现了一般人处世的一条道理，那便是：可以无需让的时候，则无妨谦让一番，于人无利，于己无损；在该让的时候，则不谦让，以免损己；在应该不让的时候，则必定谦让，于己有利，于人无损。

小时候读到孔融让梨的故事，觉得实在难能可贵，自愧弗如。一只梨的大小，虽然是微不足道，但对于一个四五岁的孩子，其重要性或者并不下于一个公务员之心理盘算简、荐、委。有人猜想，孔融那几天也许肚皮不好，怕吃生冷，乐得谦让一番。我不敢这样妄加揣测。不过我们要承认，利之所在，可以使人忘形，谦让不是一件容易的事。孔融让梨的故事，发扬光大起来，确有教育价值，可惜并未发生多少实际的效果：今之孔融，并不多见。

谦让作为一种仪式，并不是坏事，像天主教会选任主教时所举行的仪式就蛮有趣。就职的主教照例当众谦逊三回，口说"Nolo episcopari"意即"我不要当主教"，然后照例敦促三回终于勉为其难了。我觉得这样的仪式比宣誓就职之后再打通电话声明固辞不获要好得多。谦让的仪式行久了之后，也许对于人心有潜移默化之功，使人在争权夺利奋不顾身之际，不知不觉地也举行起谦让的仪式。可惜我们人类的文明史尚短，潜移默化尚未能奏大效，露出原始人的狰狞面目的时候要比雍雍穆穆地举行谦让仪式的时候多些。我每次从公共汽车售票处杀进杀出，心里就想先王以礼治天下，实在有理。

礼貌

前些年有一位朋友在宴会后引我到他家中小坐。推门而入，看见他的一位少爷正躺在沙发椅上看杂志。他的姿势不大寻常，头朝下，两腿高举在沙发靠背上面，倒竖蜻蜓。他不怕这种姿势可能使他吃饱了饭呕出来。这是他的自由。我的朋友喊了他一声："约翰！"他好像没听见，也许是太专心于看杂志了。我的朋友又说："约翰！起来喊梁伯伯！"他听见了，但是没有什么反应，继续看他的杂志，只是翻了一下白眼。我的朋友有一点窘，就好像要猴子的敲一声锣教猴子翻筋斗而猴子不肯动，当下喃喃地自言自语："这孩子，没礼貌！"我心里想：他没有跳起来一拳把我打出门外，已经是相当的有礼貌了。

礼貌之为物，随时随地而异。我小时在北平，常在街上看见戴眼镜的人（那时候的眼镜都是两个大大的滴溜圆的镜片，配上银质的框子和腿）。他一遇到迎面而来的熟人，老远地就唰地一下把眼镜取下，握在手里，然后向前紧走两步，两人同时口中念念有词互相蹲一条腿请安。我至今不明白为什么二人相见要先摘下眼镜。戴着眼镜有什么失敬之处？如今戴眼镜的人太多了，有些人从小就成了四眼田鸡，摘不胜摘，也就没人见人摘眼镜了。可见礼貌随时而异。

人在屋里不可以峨大冠，中外皆然，但是在西方则女人有特权，屋里可以不摘帽子。尤其是从前的西方妇女，她们的帽子特大，常常像是头上顶着一个大鸟窝，或是一个大铁锅，或是一个大花篮，奇形怪状，不可方物。这种帽子也许戴上摘下都很费事，而且摘下来也难觅放置之处，所以妇女可以在室内不摘帽子。多半个世纪之前，有一次在美国，我偕友进入电影院，落座之后，发现我们前排座位上有两位戴大花冠的妇人，正好遮住我们的视线。我想从两顶帽子之间的空隙窥看银幕亦不可得，因为那两顶大帽子不时地左右移动。我忍耐不住，用我们的国语低声对我的友伴说："这两个老太婆太可恶了，大帽子使得我无法看电影。"话犹未了，一位老太婆转过头来，用相当纯正的中国话对我说："你们二位是刚从中国来的吗？"言罢把帽除去。我窘不可言。她戴帽子不失礼，我用中国话背后斥责她，倒是我没有礼貌了。可见礼貌也是随地而异。

西方人的家是他的堡垒，不容闲杂人等随便闯入，朋友访问时，照例事前通知。我们在这一方面的礼貌好像要差一些。我们的中上阶级人家，深宅大院，邻近的人不会随便造访。中下的小户人家，两家可以共用一垛墙，跨出门不需要几步就到了邻舍，就容易有所谓串门子闲聊天的习惯。任何人吃饱饭后没事做，都可以踱到别人家里闲磕牙，也不管别人是否有工夫陪你瞎嚼咀。有时候去的真不是时候，令人窘，例如在人家睡的时候，或吃饭的时候，或工作的时候，实在诸多不便，然而一般人认为这不算是失礼。一聊没个完，主人打哈欠，看手表，客人无动于衷，宾至如归。这种串门子的陋习，如今少了，但未绝迹。

探病是礼貌，也是艺术。空手去也可以，带点东西来也无妨。要看彼此的关系和身份加以斟酌。有的人病房里花篮堆积如山，像是店铺开张，也有病人收到的食物冰箱里装不下。探病不一定要面带戚容，因为探病不同于吊丧，但是也不宜高谈阔论有说有笑，因为病房里究竟还是有一个病人。别停留过久，因为有病的人受不了，没病的人也受不了。除非是特别亲近的人，我想寄一张探病的专用卡片不失为彼此两便之策。

吊丧是最不愉快的事，能免则免。与死者确有深交，则不免抚棺一恸。人琴俱亡，不执孝子手而退，抚尸陨涕，滚地做驴鸣而为宾客笑都不算失礼。吊死者曰吊，吊生者曰唁。对生者如何致唁语，实在难于措辞。我曾见一孝子陪灵。并不匍匐地上，而是跷起二郎腿坐在椅子上，嘴里叼着纸烟，悠然自得。这是他的自由，然而不能使吊者大悦。西俗，吊客照例绕棺瞻仰遗容。我不知道遗容有什么好瞻仰的，倒是我们的习惯把死者的照片放大，高悬灵桌之上，供人吊祭，比较合理。或多或少患有"恐尸症"的人，看了面如黄蜡白蜡的一张面孔，会心里难过好几天，何苦来哉？在殡仪馆的院子里，通常麇集着很多的吊客，不像是吊客，像是一群人在赶集，热闹得很。

关于婚礼，我已谈过不止一次，不再赘。

饮宴之礼，无论中西都有一套繁文缛节。我们现行的礼节之最令人厌烦的莫过于敬酒。主人敬酒是题中应有之义，三巡也就够了。客人回敬主人，也不可少。唯独客人与客人之间经常不断地举杯，此起彼落，也不管彼此是否相识，也一一地皮笑肉不笑地互相敬酒。有些人根本不喝酒，举起茶杯汽水杯充数。有时候正在低头吃东西，对面有人向你敬酒，你若没有觉察，对方难堪，你若随时敷衍，不胜其扰。这种敬酒的习惯，不中不西，没有意义，应该简化。还有一项陋习就是劝酒，说好说歹，硬要对方干杯，创出"先干为敬"的谬说，要挟威吓，最后是捏着鼻子灌酒，甚至演出全武行，礼貌云乎哉？

送行

　　"黯然销魂者，惟别而已矣。"遥想古人送别，也是一种雅人深致。古时交通不便，一去不知多久，再见不知何年，所以南浦唱支骊歌；灞桥折条杨柳，甚至在阳关敬一杯酒，都有意味。李白的船刚要起碇，汪伦老远地在岸上踏歌而来，那幅情景真是历历如在眼前，其妙处在于纯朴真挚，出之以潇洒自然，平凤莫逆于心，临别难分难舍，如果平常看着你面目可憎，你觉我言语无味，一旦远离，那是最好不过，只恨世界太小，唯恐将来又要碰头，何必送行？

　　在现代人的生活里，送行是和拜寿送殡等一样地成为应酬的礼节之一。"揪着公鸡尾巴"起个大早，迷迷糊糊地赶到车站码头，挤在乱哄哄的人群里面，找到你的对象，扯几句淡话，好容易耗到汽笛一叫，然后鸟兽散，吐一口轻松气，噘着大嘴回家，这叫作周到。在被送的那一方，觉得热闹，人缘好，没白混，而且体面，有这么多人舍不得我走，斜眼看着旁边的没人送的旅客，相形之下，尤其容易起一种优越之感，不禁精神抖擞，恨不得对每个送行的人要握八次手，道十回谢。死人出殡，都讲究要有多少亲人执绋，表示恋恋不舍，何况活人！行色不可不壮。

悄然而行似是不大舒服，如果别的旅客在你身旁耀武扬威地与送行的话别，那会增加旅途中的寂寞。这种情形，中外皆然。Max Beerbohm 写过一篇《谈送行》，他说他在车站上遇见一位以演剧为业的老朋友在送一位女客，始而喁喁情话，俄而泪湿双颊，终乃汽笛一声，勉强抑制哽咽，向女郎频频挥手，目送良久而别。原来这位演员是在做戏，他并不认识那位女郎，他是属于"送行会"的一位职员，凡是旅客孤身在外而愿有人到站相送的，都可以到"送行会"去雇人相送。这位演员出身的人当然是送行会的高手，他能放进感情，表演逼真，客人纳费无多，在精神上受惠不浅。尤其是美国旅客，用金钱在国外可以购买一切，如果"送行会"真的普遍设立起来，送行的人也不虞缺乏了。

送行既是人生中所不可少的一件事，送行的技术也不可不注意到。如果送行只限于到车站码头报到，握手而别，那么问题就简单，但是我们中国的一切礼节都把"吃"列为最重要的一个项目。一个朋友远别，生怕他饿着走，饯行是不可少的，恨不得把若干天的营养都一次囤积在他肚里。我想任何人都有这种经验。如有远行而消息外露（多半还是自己宣扬），他有理由期望着饯行的帖子纷至沓来，短期间家里可以不必开伙。还有些思想更周到的人，把食物携在手上，亲自送到车上船上，好像是你在半路上要挨饿的样子。

我永远不能忘记最悲惨的一幕送行。一个严寒的冬夜，车站上并不热闹，客人和送客的人大都在车厢里取暖，但是在长得没有止境的月台上却有黑压压的一堆送行的人，有的围着斗篷，有的戴着风帽，有的脚尖在洋灰地上敲鼓似的乱动。我走近一看全是熟人，都是来送一位太太的。车快开了，不见她的踪影，原来在这一晚她还有几处饯行的宴会。在最后的一分钟，她来了。送行的人们觉得是在接一个人，不是在送一个人，一见她来到大家都表示喜欢，所有惜别之意都来不及表现了。她手上抱着一个孩子，吓得直哭，另一只手扯着一个孩子，连跑带拖。她的头发蓬松着，嘴里喷着热气，像是冬天载重的骡子。她顾不得和送行的人周旋，三步两步地就跳上了车，这时候车已在蠕动。送行的人大部分手里都提着一点东西，无法交付，可巧我站在离车门最近的地方，大家把礼物都交给了我，"请您偏劳给送上去吧!"我好像是一个圣诞老人,抱着一大堆礼物,一个箭步蹿上了车。我来不及致辞,把东西往她身上一扔,回头就走。从车上跳下来的时候,打了几个转才立定脚跟。事后我接到她一封信,她说:

那些送行的都是谁?你丢给我那些东西,到底是谁送的?我在车上整理了好半天,才把那些东西聚拢起来打成一个大包袱。朋友们的盛情算是给我添了一件行李,我愿意知道哪一件东西是哪一位送的,你既是代表送上车的,你当然知道,盼速见告。

计开:

水果三筐,泰康罐头四个,果露两瓶,蜜饯四盒,饼干四罐,豆腐乳四盒,蛋糕四盒,西点八盒,纸烟八听,信纸信封一匣,丝袜两双,香水一瓶,烟灰碟一套,小钟一具,衣料两块,酱菜四篓,绣花拖鞋一双,大面包四个,咖啡一听,小宝剑两把……

这问题我无法答复,至今是个悬案。我不愿送人,亦不愿人送我。对于自己真正舍不得离开的人,离别的一刹那像是开刀,凡是开刀的场合照例是应该先用麻醉剂,使病人在迷蒙中度过那场痛苦,所以离别的苦痛最好避免。一个朋友说:"你走,我不送你。你来，无论多大的风雨，我要去接你。"我最赏识那种心情。

退休

　　退休的制度，我们古已有之。《礼记·曲礼》："大夫七十而致事"，致事就是致仕，言致其所掌之事于君而告老，也就是我们如今所谓的退休。礼，应该遵守，不过也有人觉得未尝不可不遵守。"礼岂为我辈设哉？"尤其是七十的人，随心所欲不逾矩，好像是大可为所欲为。普通七十的人，多少总有些昏聩，不过也有不少得天独厚的幸运儿，耄耋之年依然矍铄，犹能开会剪彩，必欲令其退休，未免有违笃念勋耆之至意。年轻的一辈，劝你们少安毋躁，棒子早晚会交出来，不要抱怨"我在，久压公等"也。

　　该退休而不退休。这种风气好像我们也是古已有之。白居易有一首诗《不致仕》：

七十而致仕，礼法有明文。

何乃贪荣者，斯言如不闻？

可怜八九十，齿堕双眸昏。

朝露贪名利，夕阳忧子孙。

挂冠顾翠緌，悬车惜朱轮。

金章腰不胜，伛偻入君门。

谁不爱富贵？谁不恋君恩？

年高须告老，名遂合退身。

少时共嗤诮，晚岁多因循。

贤哉汉二疏，彼独是何人？

寂寞东门路，无人继去尘！

汉朝的疏广及其兄子疏受位至太子太傅和太子少傅，同时致仕，当时的"公卿大夫、故人邑子，设祖道供张东都门外，送者车数百辆。辞决而去。道路观者皆曰：'贤哉二大夫！'或叹息为之下泣。"这就是白居易所谓的"汉二疏"。乞骸骨居然造成这样的轰动，可见这不是常见的事，常见的是"伛偻入君门"的"爱富贵""恋君恩"的人。白居易"无人继去尘"之叹，也说明了二疏的故事以后没有重演过。

从前读书人十载寒窗，所指望的就是有一朝能春风得意，纡青拖紫，那时节踌躇满志，纵然案牍劳形，以至于龙钟老朽，仍难免有恋栈之情，谁舍得随随便便就挂冠悬车？真正老骥伏枥志在千里的人是少而又少的，大部分还不是舍不得放弃那五斗米、千钟禄、万石食？无官一身轻的道理是人人知道的，但是身轻之后，囊橐也跟着要轻，那就诸多不便了。何况一旦投闲置散，一呼百诺的烜赫的声势固然不可复得，甚至于进入了"出无车"的状态，变成了匹夫徒步之士，在街头巷尾低着头逡巡疾走不敢见人，那情形有多么惨。一向由庶务人员自动供应的冬季炭盆所需的白炭，四时陈设的花卉盆景，乃至于琐屑如卫生纸，不消说都要突告来源断绝，那又情何以堪？所以一个人要想致仕，不能不三思，三思之后恐怕还是一动不如一静了。

　　如今退休制度不限于仕宦一途，坐拥皋比的人到了粉笔屑快要塞满他的气管的时候也要引退。不一定是怕他春风风人之际忽然一口气上不来，是要他腾出位子给别人尝尝人之患的滋味。在一般人心目中，冷板凳本来没有什么可留恋的，平凤吃不饱饿不死，但是申请退休的人一旦公开表明要撤绛帐，他的亲戚朋友又会一窝蜂地惶惶然，戚戚然，几乎要垂泣而道地劝告他："何必退休？你的头发还没有白多少，你的脊背还没有弯，你的两手也不哆嗦，你的两脚也还能走路……"言外之意好像是等到你头发全部雪白，腰弯得像是"？"一样，患上了帕金森症，走路就地擦，那时候再申请退休也还不迟。是的，是有人到了易箦之际，朋友们才急急忙忙地为他赶办退休手续，生怕公文尚在旅行而他老先生沉不住气，弄到无休可退，那就只好鼎惠恳辞了。更有一些知心的抱有远见的朋友们，会慷慨陈词："千万不可退休，退休之后的生活是一片空虚，那时候闲居无聊，闷得发慌，终日彷徨，悒悒寡欢……"把退休后生活形容得如此凄凉，不是没有原因的，因为平庸上班是以"喝喝茶，签签到，聊聊天，看看报"为主，一旦失去喝茶签到聊天看报的场所，那是会要感觉无比的枯寂的。

理想的退休生活就是真正的退休，完全摆脱赖以糊口的职务，做自己衷心愿意做的事。有人八十岁才开始学画，也有人五十岁才开始写小说，都有惊人的成就。"狗永远不会老得到了不能学新把戏的地步"。何以人而不如狗乎？退休不一定要远离尘嚣，遁迹山林，也无须隐藏人海，杜门谢客——一个人真正退休之后，门前自然车马稀。如果已经退休的人却还偶然被认为有剩余价值，那就苦了。

辑三 天地间第一人品，还是读书

人生苦短，而应读之书太多。

读书不是为了应付外界需求，

不是为人，是为己，是为了充实自己，

使自己成为一个明白事理的人，

使自己的生活充实而有意义。

吾故曰：读书乐。

书

　　从前的人喜欢夸耀门第，纵不必家世贵显，至少也要是书香人家才能算是相当的门望。书而曰香，盖亦有说。从前的书，所用纸张不外毛边连史之类，加上松烟油墨，天长日久密不通风，自然生出一股气味，似沉檀非沉檀，更不是桂馥兰熏，并不沁人脾胃，亦不特别触鼻，无以名之，名之曰书香。书斋门窗紧闭，乍一进去，书香特别浓，以后也就不大觉得。现代的西装书，纸墨不同，好像有股煤油味，不好说是书香了。

　　不管香不香，开卷总是有益。所以世界上有那么多有书癖的人，读书种子是不会断绝的。买书就是一乐，旧日北平琉璃厂、隆福寺街的书肆最是诱人，你迈进门去向柜台上的伙计点点头便直趋后堂，掌柜的出门迎客，分宾主落座，慢慢地谈生意。

不要小觑那位书贾，关于目录版本之学他可能比你精。搜访图书的任务，他代你负担，只要他摸清楚了你的路数，一有所获立刻专人把样函送到府上，合意留下翻看，不合意他拿走，和和气气。书价嘛，过节再说。在这样情形之下，一个读书人很难不染上"书淫"的毛病，等到四面卷轴盈满，连坐的地方都不容易匀让出来，那时候便可以顾盼自雄，酸溜溜地自叹"丈夫拥书万卷，何暇南面百城"？现在我们买书比较方便，但是搜访的乐趣，搜访而偶有所获的快感，都相当地减少了。挤在书肆里浏览图书，本来应该是像牛吃嫩草，不慌不忙的，可是若有店伙眼睛紧盯着你，生怕你是一名雅贼，你也就不会怎样的从容，还是早些离开这是非之地好些。更有些书不裁毛边，干脆拒绝翻阅。

"郝隆七月七日，出日中仰卧，人问其故，曰：'我晒书。'"（见《世说新语》）郝先生满腹诗书，晒书和日光浴不妨同时举行。恐怕那时候的书在数量上也比较少，可以装进肚里去。

司马温公也是很爱惜书的，他告诫儿子说："吾每岁以上伏及重阳间视天气晴明日，即设几案于当日所，侧群书其上以曝其脑。所以年月虽深，从不损动。"书脑即是书的装订之处，翻页之处则曰书口。司马温公看书也有考究，他说："至于启卷，必先几案洁净，藉以茵褥，然后端坐看之。或欲行看，即承以方版，未曾敢空手捧之，非惟手污渍及，亦虑触动其脑。每至看竟一版，即侧右手大指面衬其沿，而覆以次指面，捻而挟过，故得不至揉熟其纸。每见汝辈多以指爪撮起，甚非吾意。"（见《宋稗类钞》）我们如今的图书不这样名贵，并且装订技术进步，不像宋朝的"蝴蝶装"那样的娇嫩，但是读书人通常还是爱惜他的书，新书到手先裹上一个包皮，要晒，要揩，要保管。我也看见过名副其实的收藏家，爱书爱到根本不去读它的程度，中国书则锦函牙签，外国书则皮面金字，庋置柜橱，满室琳琅，真好像是琅嬛福地，书变成了陈设、古董。

有人说"借书一痴，还书一痴"。有人分得更细："借书一痴，惜书二痴，索书三痴，还书四痴。"大概都是有感于书之有借无还。书也应该深藏若虚，不可慢藏诲盗。最可恼的是全书一套借去一本，久假不归，全书成了残本。明人谢肇淛编《五杂俎》，记载一位："虞参政藏书数万卷，贮之一楼，在池中央，小木为杓，夜则去之。榜其门曰：'楼不延客，书不借人。'"这倒是好办法，可惜一般人难得有此设备。

读书乐，所以有人一卷在手往往废寝忘食。但是也有人一看见书就哈欠连连，以看书为最好的治疗失眠的方法。黄庭坚说："人不读书，则尘俗生其间，照镜则面目可憎，对人则语言无味。"这也要看所读的是些什么书。如果读的尽是一些猥亵的东西，其人如何能有书卷气之可言？宋真宗皇帝的《劝学文》，实在令人难以入耳："富家不用买良田，书中自有千钟粟。安居不用架高堂，书中自有黄金屋。出门莫恨无人随，书中车马多如簇。娶妻莫愁无良媒，书中自有颜如玉。男儿欲遂平生志，五经勤向窗前读。"不过是把书当作敲门砖以遂平生之志，勤读六经，考场求售而已。十载寒窗，其中只是苦，而且吃尽苦中苦，未必就能进入佳境。倒是英国十九世纪的罗斯金，在他的《芝麻与百合》第一讲里，劝人读书尚友古人，那一番道理不失雅人深致。古圣先贤，成群的名世的作家，一年四季地排起队来立在书架上面等候你来点唤，呼之即来挥之即去。行吟泽畔的屈大夫，一邀就到；饭颗山头的李白、杜甫也会联袂而来；想看外国戏，环球剧院的拿手好戏都随时承接堂会；亚里士多德可以把他逍遥廊下的讲词对你重述一遍。这真是读书乐。

我们国内某一处的人最好赌博，所以讳言书，因为书与输同音，读书曰读胜。基于同一理由，许多地方的赌桌旁边忌人在身后读书。人生如博弈，全副精神去应付，还未必能操胜算。如果沾染书癖，势必呆头呆脑，变成书呆子，这样的人在人生的战场之上怎能不大败亏输？所以我们要钻书窟，也还要从书窟里钻出来。朱晦庵有句："书册埋头何日了，不如抛却去寻春。"是见道语，也是老实话。

漫谈读书

我们现代人读书真是幸福。古者，"著于竹帛谓之书"，竹就是竹简，帛就是缣素。书是稀罕而珍贵的东西。一个人若能垂于竹帛，便可以不朽。孔子晚年读《易》，韦编三绝，用韧皮贯联竹简，翻来翻去以至于韧皮都断了，那时候读书多么吃力！后来有了纸，有了毛笔，书的制作比较方便，但在印刷之术未行以前，书的流传完全是靠抄写。我们看看唐人写经，以及许多古书的抄本，可以知道一本书得来非易。自从有了印刷术，刻板、活字、石印、影印，乃至于显微胶片，读书的方便无以复加。

物以稀为贵。但是书究竟不是普通的货物。书是人类智慧的结晶，经验的宝藏，所以尽管如今满坑满谷的都是书，书的价值仍不是用金钱可以衡量的。价廉未必货色差，畅销未必内容好。书的价值在于其内容的精到。宋太宗每天读《太平御览》等书二卷，漏了一天则以后追补，他说："开卷有益，朕不以为劳也。"这是"开卷有益"一语之由来。《太平御览》采集群书一千六百余种，分为五十五门，历代典籍尽萃于是，宋太宗日理万机之暇日览两卷，当然可以说是"开卷有益"。如今我们的书太多了，纵不说粗制滥造，至少是种类繁多，接触的方面甚广。我们读书要有抉择，否则不但无益而且浪费时间。

那么读什么书呢？这就要看个人的兴趣和需要。在学校里，如果能在教师里遇到一两位有学问的，那是最幸运的事，他能适当地指点我们读书的门径。离开学校就只有靠自己了。读书，永远不恨其晚。晚，比永远不读强。有一个原则也许是值得考虑的：作为一个地道的中国人，有些书是非读不可的。这与行业无关。理工科的、财经界的、文法门的，都需要读一些蔚成中国文化传统的书。经书当然是其中重要的一部分，史书也一样的重要。盲目地读经不可以提倡，意义模糊的所谓"国学"亦不能餍现代人之望。一系列的古书是我们应该以现代眼光去了解的。

黄山谷说："人不读书，则尘俗生其间，照镜则面目可憎，对人则语言无味。"细味其言，觉得似有道理。事实上，我们所看到的人，确实是面目可憎语言无味的居多。我曾思索，其中因果关系安在？何以不读书便面目可憎语言无味？我想也许是因为读书等于是尚友古人，而且那些著书立说的古人必定是一时才俊，与古人游不知不觉受其熏染，终乃收改变气质之功，境界既高，胸襟既广，脸上自然透露出一股清醇爽朗之气，无以名之，名之曰书卷气。同时在谈吐上也自然高远不俗。反过来说，人不读书，则所为何事，大概是陷身于世网尘劳，困厄于名缰利锁，五烧六蔽，苦恼烦心，自然面目可憎，焉能语言有味？

当然，改变气质不一定要靠读书。例如，艺术家就另有一种修为。"伯牙学琴于成连先生，三年不成。成连言吾师方子春今在东海中，能移人情。乃与伯牙偕往，至蓬莱山，留伯牙宿，曰：'子居习之，吾将迎师。'刺船而去，旬时不返。伯牙延望无人，但闻海水洞崩拆之声，山林冥，群鸟悲号，怆然叹曰：'先生将移我情。'乃援琴而歌，曲成，成连刺船迎之而返。伯牙之琴，遂妙天下。"这一段记载，写音乐家被自然改变气质，虽然神秘，不是不可理解的。禅宗教外别传，根本不立文字，靠了顿悟即能明心见性。这究竟是生有异禀的人之超绝的成就。以我们一般人而言，最简便的修养方法还是读书。

书，本身就是情趣，可爱。大大小小形形色色的书，立在架上，放在案头，摆在枕边，无往而不宜。好的版本尤其可喜。我对线装书有一分偏爱。吴稚晖先生曾主张把线装书一律丢在茅厕坑里，这偏激之言令人听了不大舒服。如果一定要丢在茅厕坑里，我丢洋装书，舍不得丢线装书。可惜现在线装书很少见了，就像穿长袍的人一样的稀罕。几十年前我搜求杜诗版本，看到古逸丛书影印宋版蔡梦弼《草堂诗笺》，真是爱玩不忍释手，想见原本之版面大，刻字精，其纸张墨色亦均属上选。在校勘上、笺注上此书不见得有多少价值，可是这部书本身确是无上的艺术品。

好书谈

　　从前有一个朋友说，世界上的好书，他已经读尽，似乎再没有什么好书可看了。当时许多别的朋友不以为然，而较年长一些的朋友就更以为狂妄。现在想想，却也有些道理。

　　世界上的好书本来不多，除非爱书成癖的人（那就像抽鸦片抽上瘾一样的），真正心悦诚服地手不释卷，实在有些稀奇。还有一件最令人气短的事，就是许多最伟大的作家往往没有什么凭借，但却做了后来二三流的人的精神上的财源了。柏拉图、孔子、屈原，他们一点一滴，都是人类的至宝，可是要问他们从谁学来的，或者读什么人的书而成就如此，恐怕就是最善于说谎的考据家也束手无策。这事有点怪！难道真正伟大的作家，读书不读书没有什么关系吗？读好书或读坏书也没有什么影响吗？

　　叔本华曾经说好读书的人就好像惯于坐车的人，久而久之，就不能在思想上迈步了。这真唤醒人的不小迷梦！小说家瓦塞曼竟又说过这样的话，认为倘若为了要鼓起创作的勇气，只有读二流的作品。因为在读二流的作品的时候，他可以觉得只要自己一动手就准强，倘读第一流的作品却往往叫人减却了下笔的胆量。这话也不能说没有部分真理。

　　也许世界上天生有种人是作家，有种人是读者。这就像天生有种人是演员，有种人是观众；有种人是名厨，有种人却是所谓"老饕"。演员是不是十分热心看别人的戏，名厨是不是爱尝别人的菜，我也许不能十分确切地肯定，但我见过一些作家，却确乎不大爱看别人的作品。如果是同时代的人，更如果是和自己的名气不相上下的人，大概尤其不愿意寓目。我见过一个名小说家，他的桌上空空如也，架上仅有的几本书是他自己的新著，以及自己所编过的期刊。我也曾见过一个名诗人（新诗人），他的唯一读物是《唐诗三百首》，而且在他也尽有多余之感了。这也不一定只是由于高傲，如果分析起来，也许是比高傲还复杂的一种心理。照我想，也许是真像厨子（哪怕是名厨），天天看见油锅油勺，就腻了。除非自己逼不得已而下厨房，大概再不愿意去接触这些家伙，甚而不愿意见一些使他可以联想到这些家伙的物什。职业的辛酸，也有时是外人不晓得的。唐代的阎立本不是不愿意自己的儿子再做画师吗？以教书为生活的人，也往往看见别人在声嘶力竭地讲授，就会想到自己，于是觉得"惨不忍闻"。做文章更是一桩呕心血的事，成功失败都要有一番产痛，大概因此之故不忍读他人的作品了。

撇开这些不说，站在一个纯粹读者的角度而论，却委实有好书不多的实感。分量多的书，糟粕也就多。读杜甫的选集十分快意，虽然有些佳作也许漏过了选者的眼光。读全集怎么样？叫人头痛的作品依然不少。据说有把全集背诵一字不遗的人，我想这种人是缺乏美感，就只是为了训练记忆。顶讨厌的集子更无过于陆放翁，分量那么大，而佳作却真寥若晨星。反过来，《古诗十九首》、郭璞《游仙诗》十四首却不能不叫人公认为人类的珍珠宝石。钱锺书的小说里曾说到一个产量大的作家，在房屋恐慌中，忽然得到一个新居，满心高兴，谁知一打听，才知道是由于自己的著作汗牛充栋的结果，把自己原来的房子压塌，而一直落在地狱里了。这话诚然有点刻薄，但也许对于像陆放翁那样不知趣的笨伯有一点点儿益处。

古今来的好书，假若让我挑选，我举不出十部。而且因为年龄、环境的不同，也不免随时有些更易。单就目前论，我想是《柏拉图对话集》《论语》《史记》《世说新语》《水浒传》《庄子》《韩非子》，如此而已。其他的书名，我就有些踌躇了。或者有人问，你自己的著作可以不可以列上？我很悲哀，我只有毫不踌躇地放弃附骥之想了。一个人有勇气（无论是糊涂或欺骗）是可爱的，可惜我不能像上海某名画家，出了一套《世界名画选集》，却只有第一本，那就是他自己的"杰作"！

一九四七年十一月二十九日，北平

影响我的几本书

我喜欢书，也还喜欢读书，但是病懒，大部分时间荒嬉掉了！所以实在没有读过多少书。年届而立，才知道发愤，已经晚了。几经丧乱，席不暇暖，像董仲舒三年不窥园，弥尔顿五年隐于乡那样有良好环境专心读书的故事，我只有艳羡。多少年来所读之书，随缘涉猎，未能专精，故无所成。然亦间有几部书对于我个人为学做人之道不无影响。究竟哪几部书影响较大，我没有思量过，直到八年前有一天邱秀文来访问我，她提出了这么一个问题，她问我所读之书有哪几部使我受益较大。我略为思索，举出七部书以对，略加解释，语焉不详。邱秀文记录得颇为翔实，亏她细心地连缀成篇，并以标题"梁实秋的读书乐"，后来收入她的一个小册《智者群像》，时报文化出版公司出版。最近《联副》推出一系列文章，都是有关书和读书的，编者要我也插上一脚，并且给我出了一个题目：影响我的几本书。我当时觉得自己好像是一个考生，遇到考官出了一个我不久以前做过的题目，自以为驾轻就熟，写起来省事，于是色然而喜，欣然应命。题目像是旧的，文字却是新的。这便是我写这篇东西的由来。

第一部影响我的书是《水浒传》。我十四岁进清华才开始读小说，偷偷地读，因为那时候小说被目为"闲书"，在学校里看小说是悬为厉禁的。但是我禁不住诱惑，偷闲在海淀一家小书铺买到一部《绿牡丹》，密密麻麻的小字光纸石印本，晚上钻在蚊帐里偷看，也许近视眼就是这样养成的。抛卷而眠，翌晨忘记藏起，查房的斋务员在枕下一摸，手到擒来。斋务主任陈筱田先生唤我前去应询，瞪着大眼厉声叱问："这是嘛？"（天津话"嘛"就是"什么"）随后把书往地上一丢，说："去吧！"算是从轻发落，没有处罚，可是我忘不了那被叱责的耻辱。我不怕，继续偷看小说，又看了《肉蒲团》《金瓶梅》《灯草和尚》等。这几部小说，并不使我满足，我觉得内容庸俗、粗糙、下流。直到我读到《水浒传》才眼前一亮，觉得这是一部伟大的作品，不愧金圣叹称之为第五才子书，可以和庄、骚、史记、杜诗并列。我一读，再读，三读，不忍释手。曾试图默诵一百零八条好汉的姓名绰号，大致不差（并不是每一人物都栩栩如生，精彩的不过五分之一，有人说每一个人物都有特色，那是夸张）。也曾试图收集香烟盒里（是大联珠还是前门？）一百零八条好汉的图片。这部小说实在令人着迷。

《水浒传》作者施耐庵在元末以赐进士出身，生卒年月不详，一生经历我们也不得而知。这没有关系，我们要读的是书。有人说《水浒传》作者是罗贯中，根本不是他，这也没有关系，我们要读的是书。《水浒传》有七十回本，有一百回本，有一百十五回本，有一百二十回本，问题重重；整个故事是否早先有过演化的历史而逐渐形成的，也很难说；故事是北宋淮安大盗一伙人在山东寿张县梁山泊聚义的经过，有多大部分与历史符合有待考证。凡此种种都不是顶重要的事。《水浒传》的主题是"官逼民反，替天行道"。一个个好汉直接间接地吃了官的苦头，有苦无处诉，于是铤而走险，逼上梁山，不是贪图山上的大碗酒大块肉。官，本来是可敬的。奉公守法公忠体国的官，史不绝书。可是一朝权在手便把令来行的贪赃枉法的官却也不在少数。人踏上仕途，很容易被污染，会变成另外一种人，他说话的腔调会变，他脸上的筋肉会变，他走路的姿势会变，他的心的颜色有时候也会变。"尔俸尔禄，民脂民膏"，过骄奢的生活，成特殊阶级，也还罢了，若是为非作歹，鱼肉乡民，那罪过可大了。《水浒传》写的是平民的一股怨气。不平则鸣，容易得到读者的同情，有人甚至不忍深责那些非法的杀人放火的勾当。有人以终身不入官府为荣，怨毒中人之深可想。

较近的叛乱事件，义和团之乱是令人难忘的。我生于庚子后二年，但是清廷的糊涂、八国联军之肆虐，从长辈口述得知梗概。义和团是由洋人教士勾结官府压迫人民所造成的，其意义和梁山泊起义不同，不过就其动机与行为而言，我怜其愚，我恨其妄，而又不能不寄予多少之同情。义和团不可以一个"匪"字而一笔抹杀。英国俗文学中罗宾汉的故事，其劫强济贫目无官府的游侠作风之所以能赢得读者的赞赏，也是因为它能伸张一般人的不平之感。我读了《水浒传》之后，我认识了人间的不平。

我对于《水浒传》有一点极为不满。作者好像对于女性颇不同情。《水浒传》里的故事对于所谓奸夫淫妇有极精彩的描写，而显然的，对于女性特别残酷。这也许是我们传统的大男人主义，一向不把女人当人，即使当作人也是次等的人。女人有所谓贞操，而男人无。《水浒传》为人抱不平，而没有为女人抱不平。这虽不足为《水浒传》病，但是对于欣赏其不平之鸣的读者在影响上不能不打一点折扣。

第二部书该数《胡适文存》。胡先生生在我们同一时代，长我十一岁，我们很容易忽略其伟大，其实他是我们这一代人在思想学术道德人品上最为杰出的一个。我读他的文存的时候，我尚在清华没有卒业。他影响我的地方有三：

一是他的明白清楚的白话文。明白清楚并不是散文艺术的极致，却是一切散文必须具备的起码条件。他的《文学改良刍议》，现在看起来似嫌过简，在当时是振聋发聩的巨著。他的《白话文学史》的看法，他对于文学（尤其是诗）的艺术的观念，现在看来都有问题。例如他直到晚年还坚持说律诗是"下流"的东西，骈四俪六当然更不在他眼里。这是他的偏颇的见解。可是在五四前后，文章写得像他那样明白晓畅不枝不蔓的能有几人？我早年写作，都是以他的文字作为模仿的榜样。不过我的文字比较杂乱，不及他的纯正。

二是他的思想方法。胡先生起初倡导杜威的实验主义，后来他就不弹此调。胡先生有一句话，"不要被别人牵着鼻子走！"像是给人的当头棒喝。我从此不敢轻信人言。别人说的话，是者是之，非者非之，我心目中不存有偶像。胡先生曾为文批评时政，也曾为文对什么主义质疑，他的几位老朋友劝他不要发表，甚至要把已经发排的稿件擅自抽回，胡先生说："上帝尚且可以批评，什么人什么事不可批评？"他的这种批评态度是可佩服的。从大体上看，胡先生从不侈言革命，他还是一个"儒雅为业"的人，不过他对于往昔之不合理的礼教是不惜加以批评的。曾有人家里办丧事，求胡先生"点主"，胡先生断然拒绝，并且请他阅看《胡适文存》里有关"点主"的一篇文章，其人读了之后翕然诚服。胡先生对于任何一件事都要寻根问底，不肯盲从。

他常说他有考据癖，其实也就是独立思考的习惯。

三是他的认真严肃的态度。胡先生说他一生没写过一篇不用心写的文章，看他的文存就可以知道确是如此，无论多小的题目，甚至一封短札，他也是像狮子搏兔似的全力以赴。他在庐山偶然看到一个和尚的塔，他作了八千多字的考证。他对《水经注》所下的功夫是惊人的。曾有人劝他移考证《水经注》的功夫去做更有意义的事，他说不，他说他这样做是为了要把研究学问的方法传给后人。我对于《水经注》没有兴趣，胡先生的著作我没有不曾读过的，唯《水经注》是例外。可是他治学为文之认真的态度，是我认为应该取法的。有一次他对几个朋友说，写信一定要注明年、月、日，以便查考。我们明知我们的函件将来没有人会来研究考证，何必多此一举？他说不，要养成这个习惯。我接受他的看法，年、月、日都随时注明。有人写信仅注月日而无年份，我看了便觉得缺憾。我译莎士比亚，大家知道，是由于胡先生的倡导。当初约定一年译两本，二十年完成，可是我拖了三十年。胡先生一直关注这件工作，有一次他由台湾飞到美国，他随身携带在飞机上阅读的书包括《亨利四世·下篇》的译本。他对我说他要看看中译的莎士比亚能否令人看得下去。我告诉他，能否看得下去我不知道，不过我是认真翻译的，没有随意删略，没敢潦草。他说俟全集译完之日为我举行庆祝，可惜那时他已经不在了。

第三本书是白璧德的《卢梭与浪漫主义》。白璧德（Irving Babbitt）是哈佛大学教授，是一位与时代潮流不合的保守主义学者，我选过他的"英国十六世纪以后的文学批评"一课，觉得他很有见解，不但有我们前所未闻的见解，而且是和我自己的见解背道而驰。于是我对他产生了兴趣。我到书店把他的著作五种一股脑儿买回来读，其中最有代表性的是他的这一本《卢梭与浪漫主义》。他毕生致力于批判卢梭及其代表的浪漫主义，他针砭流行的偏颇的思想，总是归根到卢梭的自然主义。有一幅漫画讽刺他，画他匍匐地面揭开被单窥探床下有无卢梭藏在底下。白璧德的思想主张，我在《学衡》杂志所刊吴宓、梅光迪几位介绍文字中已略为知其一二，只是《学衡》固执地使用文言，在一般受了五四洗礼的青年中很难引起共鸣。我读了他的书，上了他的课，突然感到他的见解平正通达而且切中时弊。我平夙心中蕴结的一些浪漫情操几为之一扫而空。我开始省悟，五四以来的文艺思潮应该根据历史的透视而加以重估。我在学生时代写的第一篇批评文字《中国现代文学之浪漫的趋势》就是在这个时候写的。随后我写的《文学的纪律》《文人有行》，以至于较后对于辛克莱《拜金艺术》的评论，都可以说是受了白璧德的影响。

白璧德对东方思想颇有渊源，他通晓梵文经典及儒家与老庄的著作。《卢梭与浪漫主义》有一篇很精彩的附录，论老庄的"原始主义"，他认为卢梭的浪漫主义颇有我国老庄的色彩。白璧德的基本思想是与古典的人文主义相呼应的新人文主义。他强调人生三境界，而人之所以为人在于他有内心的理性控制，不令感情横决。这就是他念念不忘的人性二元论。《中庸》所谓"天命之谓性，率性之谓道，修道之谓教"，孔子所说的"克己复礼"，正是白璧德所乐于引证的道理。他重视的不是 élanvital（柏格森所谓的"创造力"）而是 élanfroin（克制力）。一个人的道德价值，不在于做了多少事，而是在于有多少事他没有做。白璧德并不说教，他没有教条，他只是坚持一个态度——健康与尊严的态度。我受他的影响很深，但是我不曾大规模地宣扬他的作品。我在新月书店曾经辑合《学衡》上的几篇文字为一小册印行，名为《白璧德与人文主义》，并没有受到人们的注意。若干年后，宋淇先生为美国新闻处编译一本《美国文学批评》，其中有一篇是《卢梭与浪漫主义》的一章，是我应邀翻译的，题目好像是"浪漫的道德"。三十年代"左倾"仁兄们、鲁迅及其他谥我为"白璧德的门徒"，虽只是一顶帽子，实也当之有愧，因为白璧德的书并不容易读，他的理想很高，也很难身体力行，称为门徒谈何容易！

第四本书是叔本华的《隽语与谶言》（*Maxims and Counsels*）。这位举世闻名的悲观哲学家的主要作品 *The World as Will and Idea* 我没有读过，可是这部零零碎碎的札记性质的书却给我莫大的影响。

叔本华的基本认识是：人生无所谓幸福，不痛苦便是幸福。痛苦是真实的，存在的，积极的；幸福则是消极的，并无实体的存在。没有痛苦的时候，那种消极的感受便是幸福。幸福是一种心理状态，而非实质的存在。基于此种认识，人生努力方向应该是尽量避免痛苦，而不是追求幸福，因为根本没有幸福那样的一个东西。能避免痛苦，幸福自然就来了。

我不觉得叔本华的看法是诡辩。不过避免痛苦不是一件简单的事，需要慎思明辨，更需要当机立断。

第五部书是斯陶达的《对文明的反叛》（*Lothrop Stoddard : The Revolt against Civilization*）。这不是一部古典名著，但是影响了我的思想。民国十四年，潘光旦在纽约哥伦比亚大学念书，住在黎文斯通大厦，有一天我去看他，他顺手拿起这本书，竭力推荐要我一读。光旦是优生学者，他不但赞成节育，而且赞成"普罗列塔利亚"少生孩子，优秀的知识分子多生孩子，只有这样做，民族的品质才有希望提高。一人一票的"德谟克拉西"是不合理的，古希腊的"亚里士多克拉西"较近于理想。他推崇孔子，但不附和孟子的平民之说。他就是这样有坚定信念而非常固执的一位学者。他郑重推荐这本书，我想必有道理，果然。

斯陶达的生平不详，我只知道他是美国人，一八八三年生，一九五〇年卒，《对文明的反叛》出版于一九二二年，此外还有《欧洲种族的实况》（一九二四年）、《欧洲与我们的钱》（一九三二年）及其他。这本《对文明的反叛》的大意是：私有财产为人类文明的基础。有了私有财产的制度，然后人类生活形态，包括家庭的、社会的、政治的、经济的各方面，才逐渐发展而成为文明。马克思与恩格斯于一八四八年发表的一个小册子 *Manifest der Kommunistischen Partei* 声言私有财产为一切罪恶的根源，要彻底地废除私有财产制度，言激而辩。斯陶达认为这是反叛文明，是对整个人类文明的打击。

文明发展到相当阶段会有不合理的现象，也可称之为病态。所以有心人就要想法改良补救，也有人就想象一个理想中的黄金时代，悬为希望中的目标。《礼记·礼运》所谓的"大同"，虽然孔子说"大道之行也，与三代之英，丘未之逮也"，实则大同乃是理想世界，在尧舜时代未必实现过，就是禹、汤、文武周公的"小康之治"恐怕也是想当然耳。西洋哲学家如柏拉图、如斯多葛派创始者季诺（Zeno）、如托马斯·莫尔，及其他，都有理想世界的描写。耶稣基督也是常以慈善为教，要人共享财富。许多教派都不准僧侣自蓄财产。英国诗人勒律治与骚赛（Coleridge and Southey）在一七九四年根据卢梭与戈德温（Godwin）的理想，居然想到美洲的宾夕法尼亚去创立一个共产社区，虽然因为缺乏经费而未实现，其不满于旧社会的激情可以想见。不满于文明社会之现状，是相当普遍的心理。凡是有同情心和正义感的人对于贫富悬殊壁垒分明的现象无不深恶痛绝。不过从事改善是一回事，推翻私有财产制度又是一回事。至若以整个国家甚至以整个世界孤注一掷的做一个渺茫的理想的实验，那就太危险了。文明不是短期能累积起来的，却可毁灭于一旦。斯陶达心所谓危，所以写了这样的一本书。

第六部书是《六祖坛经》。我与佛教本来毫无瓜葛。抗战时在北碚缙云山上缙云古寺偶然看到太虚法师领导的汉藏理学院，一群和尚在翻译佛经，香烟缭绕，案积贝多树叶帖帖然，字斟句酌，庄严肃穆。佛经的翻译原来是这样谨慎而神圣的，令人肃然起敬。知客法舫，彼此通姓名后得知他是《新月》的读者，相谈甚欢，后来他送我一本他作的《金刚经讲话》，我读了也没有什么领悟。一九四九年我在广州，中山大学外文系主任林文铮先生是一位狂热的密宗信徒，我从他那里借到《六祖坛经》，算是对禅宗做了初步的接触，谈不上了解，更谈不到开悟。在丧乱中我开始思索生死这一大事因缘。在六榕寺瞻仰了六祖的塑像，对于这位不识字而能顿悟佛理的高僧有无限的敬仰。

《六祖坛经》不是一人一时所作，不待考证就可以看得出来，可是禅宗大旨尽萃于是。禅宗主张不立文字，但阐明宗旨还是不能不借重文字。据我浅陋的了解，禅宗主张顿悟，说起来简单，实则甚为神秘。棒喝是接引的手段，公案是参究的把鼻。说穿了即是要人一下子打断理性的逻辑的思维，停止常识的想法，蓦然一惊之中灵光闪动，于是进入一种不思善不思恶无生无死不生不死的心理状态。在这状态之中得见自心自性，是之谓明心见性，是之谓言下顿悟。

有一次我在胡适之先生面前提起铃木大拙，胡先生正色曰："你不要相信他，那是骗人的！"我不做如是想。铃木不像是有意骗人，他可能确是相信禅宗顿悟的道理。胡先生研究禅宗历史十分渊博，但是他自己没有做修持的功夫，不曾深入禅宗的奥秘。事实上他无法打入禅宗的大门，因为禅宗大旨本非理性的文字所能解析说明，只能用简略的、象征的文字来暗示。在另一方面，铃木也未便以胡先生为门外汉而加以轻蔑。因为一进入文字辩论的范围便必须使用理性的逻辑的方式才足以服人。禅宗的境界用理性逻辑的文字怎样解释也说不明白，须要自身体验，如人饮水，冷暖自知。所以我看胡适、铃木之论战根本是不必要的，因为两个人不站在一个层次上。一个说有鬼，一个说没有鬼，能有结论吗？

我个人平素的思想方式近于胡先生类型，但是我也容忍不同的寻求真理的方法。《哈姆雷特》一幕二景，哈姆雷特见鬼之后对于来自威吞堡的学者何瑞修说："宇宙间无奇不有，不是你的哲学全能梦想得到的。"我对于禅宗的奥秘亦作如是观。《六祖坛经》是我最初亲近的佛书，带给我不少喜悦，常引我作超然的遐思。

第七部书是卡莱尔的《英雄与英雄崇拜》（*Carlyle：On*

Heroes, Hero-worship and the Heroic in History），原是一系列的演讲，刊于一八四一年。卡莱尔的文笔本来是汪洋恣肆，气势不凡，这部书因为原是讲稿，语气益发雄浑，滔滔不绝有雷霆万钧之势。他所谓的英雄，不是专指掣旗斩将攻城略地的武术高超的战士而言，举凡卓越等伦的各方面的杰出人才，他都认为是英雄，神祇、先知、国王、哲学家、诗人、文人都可以称为英雄，如果他们能做人民的领袖、时代的前驱、思想的导师。卡莱尔对于人类文明的历史发展有一基本信念，他认为人类文明是极少数的领导人才创造的。少数的杰出人才有所发明，于是大众跟进。没有睿智的领导人物，浑浑噩噩的大众就只好停留在浑浑噩噩的状态之中。证之于历史，确是如此。这种说法和孙中山先生所说"先知先觉、后知后觉、不知不觉"若合符节。卡莱尔的说法，人称之为"伟人学说"（Great Man Theory）。他说政治的妙谛在于如何把有才智的人放在统治者的位置上去。他因此而大为称颂我们的科举取士的制度。不过他没注意到取士的标准大有问题，所取之士的品质也就大有问题。好人出头是他的理想，他们憧憬的是贤人政治。他怕听"拉平者"（Levellers）那一套议论，因为人有贤不肖，根本不平等。尽管尽力拉平世间的不平等的现象，领导人才与人民大众对于文明的贡献究竟不能等量齐观。

我接受卡莱尔的伟人学说，但是我同时强调伟人的品质。

尤其是政治上的伟人责任重大，如果他的品质稍有问题，例如轻言改革，囿于私见，涉及贪婪，用人不公，立刻就会灾及大众，祸国殃民。所以我一面崇拜英雄，一面深厌独裁。我愿他泽及万民，不愿他成为偶像。卡莱尔不信时势造英雄，他相信英雄造时势。我想是英雄与时势交相影响。卡莱尔受德国菲士特（Fichte）的影响，以为一代英雄之出世含有"神意"（pine idea），又受加尔文（Calvin）一派清教思想的影响，以为上帝的意旨在指挥英雄人物。这种想法现已难以令人相信。

第八部书是马可·勒留（Marcus Aurelius Antoninus）的《沉思录》（*Meditations*），这是西洋斯多葛派哲学最后一部杰作，原文是希腊文，但是译本极多，单是英文译本自十七世纪起至今已有二百多种。在我国好像注意到这本书的人不多。我在一九五九年将此书译成中文，由协志出版公司印行。作者是一千八百多年前的罗马帝国的皇帝，以皇帝之尊而成为苦修的哲学家，并且给我们留下这样的一部书真是奇事。

斯多葛派哲学涉及三个部门：物理学、论理学、伦理学。这一派的物理学，简言之，即是唯物主义加上泛神论，与柏拉图之以理性概念为唯一真实存在的看法正相反。斯多葛派认为只有物质的事物才是真实的存在，但是物质的宇宙之中偏存着一股精神力量，此力量以不同的形势出现，如人，如气，如精神，如灵魂，如理性，如主宰一切的原理，皆是。宇宙是神，人所崇奉的神祇只是神的显示。神话传说全是寓言。人的灵魂是从神那里放射出来的，早晚还要回到那里去。主宰一切的神圣原则即是使一切事物为了全体利益而合作。人的至善的理想即是有意识地为了共同利益而与天神合作。至于这一派的论理学则包括两部分，一是辩证法，一是修辞学，二者都是思考的工具，不太重要。马可最感兴趣的是伦理学。按照这一派哲学，人生最高理想是按照宇宙自然之道去生活。所谓"自然"不是任性放肆之意，而是上面说到的宇宙自然。人生除了美德无所谓善，除了罪行无所谓恶。美德有四：一为智慧，所以辨善恶；二为公道，以便应付一切悉合分际；三为勇敢，借以终止痛苦；四为节制，不为物欲所役。人是宇宙的一部分，所以对宇宙整体负有义务，应随时不忘本分，致力于整体利益。有时自杀也是正当的，如果生存下去无法善尽做人的责任。

《沉思录》没有明显地提示一个哲学体系，作者写这本书是在做反省的功夫，流露出无比的热诚。我很向往他这样的近于宗教的哲学。他不信轮回不信往生，与佛说异，但是他对于生死这一大事因缘却同样的不住地叮咛开导。佛圆寂前，门徒环立，请示以后当以谁为师，佛说："以戒为师。"戒为一切修行之本，无论根本五戒、沙弥十戒、比丘二百五十戒，以及菩萨十重四十八轻之性戒，其要义无非是克制。不能持戒，还说什么定慧？佛所斥为外道的种种苦行，也无非是戒的延伸与歪曲。

斯多葛派的这部杰作坦示了一个修行人的内心了悟,有些地方不但可与佛说参证,也可以和我国传统的"天行健,君子以自强不息"以及"克己复礼"之说相印证。

英国十七世纪剧作家范布勒(Vanbrugh)的《旧病复发》(*Relapse*)里有一个愚蠢的花花大少浮平顿爵士(Lord Foppington),他说了一句有趣的话:"读书乃是以别人脑筋制造出的东西以自娱。我以为有风度有身份的人可以凭自己头脑流露出来的东西而自得其乐。"书是精神食粮。食粮不一定要自己生产,自己生产的不一定会比别人生产的好。而食粮还是我们必不可或缺的。书像是一股洪流,是多年来多少聪明才智的人点点滴滴的汇集而成,很难得有人能毫无凭借地立地涌现出一部书。读书如交友,也靠缘分,吾人有缘接触的书各有不同。我读书不多,有缘接触了几部难忘的书,有如良师益友,受益匪浅,略如上述。

晒书记

《世说新语》："郝隆七月七日，出日中仰卧，人问其故，曰：'我晒书。'"

我曾想，这位郝先生直挺挺地躺在七月的骄阳之下，晒得浑身滚烫，两眼冒金星，所为何来？他当然不是在做日光浴，书上没有说他脱光了身子。他本不是刘伶那样的裸体主义者。我想他是故作惊人之状，好引起"人问其故"，他好说出他的那一句惊人之语"我晒书"。如果旁人视若无睹，见怪不怪，这位郝先生也只好站起来拍拍衣服上的灰尘而去。郝先生的意思只是要向侪辈夸示他的肚里全是书。书既装在肚里，其实就不必晒。

不过我还是很羡慕郝先生之能把书藏在肚里，至少没有晒书的麻烦。我很爱书,但不一定是爱读书。数十年来,书也收藏了一点,可是并没有能尽量地收藏到肚里去。到如今,腹笥还是很俭。所以读到《世说新语》这一则,便有一点惭愧。

先严在世的时候,每次出门回来必定买回一包包的书籍。他喜欢研究的主要是小学,旁及于金石之学,积年累月,收集渐多。我少时无形中亦感染了这个嗜好,见有合意的书即欲购来而后快。限于资力学力,当然谈不到什么藏书的规模。不过汗牛充栋的情形却是体会到了,搬书要爬梯子,晒一次书要出许多汗,只是出汗的是人,不是牛。每晒一次书,全家老小都累得气咻咻然,真是天翻地覆的一件大事。见有衣鱼蛀蚀,先严必定蹙额太息,感慨地说:"有书不读,叫蠹鱼去吃也罢。"刻了一颗小印,曰"饱蠹楼",藏书所以饱蠹而已。我心里很难过,家有藏书而用以饱蠹,子女不肖,贻先人羞。

丧乱以来,所有的藏书都弃置在家乡,起先还叮嘱家人要按时晒书,后来音信断绝也就无法顾到了。仓皇南下之日,我只带了一箱书籍,辗转播迁,历尽艰苦。曾穷三年之力搜购杜诗六十余种版本,因体积过大亦留在大陆。从此不敢再作藏书之想。此间炎热,好像蠹鱼繁殖特快,随身带来的一些书籍竟被蛀蚀得体无完肤,情况之烈前所未有。日前放晴,运到阶前展晒,不禁想起从前在家乡晒书,往事历历,如在目前。我正在佝偻着背,一册册地拂拭,有客适适然来,看见阶上阶下五色缤纷的群籍杂陈，再看到书上蛀蚀透背的惨状，对我发出轻微的嘲笑道："读书人竟放任蠹虫猖狂乃尔。"我回答说："书有未曾经我读，还需拿出曝晒，正有愧于郝隆；但是造物小儿对于人的身心之蛀蚀，年复一年，日益加深，使人意气消沉，使人形销骨毁，其惨烈恐有甚于蠹鱼之蛀书本者。人生贵适意，蠹鱼求一饱，两俱相忘，何必戚戚？"客嘿然退。乃收拾残卷，拖入室内。而内心激动，久久不平，想起饱蠹楼前趋庭之日，自惭老大，深愧未学，忧思百结，不得了脱，夜深人静，爰濡笔为之记。

学问与趣味

　　前辈的学者常以学问的趣味启迪后生，因为他们自己实在是得到了学问的趣味，故不惜现身说法，诱导后学，使他们在愉快的心情之下走进学问的大门。例如，梁任公（梁启超）先生就说过："我是个主张趣味主义的人，倘若用化学化分'梁启超'这件东西，把里头所含一种元素名叫'趣味'的抽出来，只怕所剩下的仅有个零了。"任公先生注重趣味，学问甚是渊博，而并不存有任何外在的动机，只是"无所为而为"，故能有他那样的成就。一个人在学问上果能感觉到趣味，有时真会像是着了魔一般，真能废寝忘食，真能不知老之将至，苦苦钻研，锲而不舍，在学问上焉能不有收获？不过我尝想，以任公先生而论，他后期的著述如历史研究法，先秦政治思想史，以及有关墨子佛学陶渊明的作品，都可说是他的一点"趣味"在驱使着他，可是他在年轻的时候，从师受业，诵读典籍，那时节也全然是趣味吗？做八股文，做试帖诗，莫非也是趣味吗？我想未必。大概趣味云云，是指年长之后自动做学问之时而言，在年轻时候为学问打根底之际恐怕不能过分重视趣味。学问没有根底，趣味也很难滋生。任公先生的学问之所以那样的博大精深，涉笔成趣，左右逢源，不能不说一大部分得力于他的学问根底之打得坚固。

我曾见许多年轻的朋友，聪明用功，成绩优异，而语文程度不足以达意，甚至写一封信亦难得通顺，问其故则曰其兴趣不在语文方面。又有一些朋友，执笔为文，斐然可诵，而视数理科目如仇雠，勉强才能及格，问其故则曰其情趣不在数理方面，而且他们觉得某些科目没有趣味，便撇在一旁视如敝屣，怡然自得，振振有词，面无愧色，好像这就是发扬趣味主义。殊不知天下没有没有趣味的学问，端视吾人如何发掘其趣味，如果在良师指导之下按部就班地循序而进，一步一步地发现新天地，当然乐在其中，如果浅尝辄止，甚至躐等躁进，当然味同嚼蜡，自讨没趣。一个有中上天资的人，对于普通的基本的文理科目，都同样的有学习的能力，绝不会本能的长于此而拙于彼。只有懒惰与任性，才能使一个人自甘暴弃地在"趣味"的掩护之下败退。

自小学到中学，所修习的无非是一些普通的基本知识。就是大学四年，所授课业也还是相当粗浅的学识。世人常称大学为"最高学府"，这名称易滋误解，好像过此以上即无学问可言。大学的研究所才是初步研究学问的所在，在这里做学问也只能算是粗涉藩篱，注重的是研究学问的方法与实习。学无止境，一生的时间都嫌太短，所以古人皓首穷经，头发白了还是在继续研究，不过在这样的研究中确是有浓厚的趣味。

在初学的阶段，由小学至大学，我们与其倡言趣味，不如偏重纪律。一个合理编列的课程表，犹如一个营养均衡的食谱，里面各个项目都是有意而必要的，不可偏废，不可再有选择。所谓选修科目也只是在某一项目范围内略有拣选余地而已。一个受过良好教育的人，犹如一个科班出身的戏剧演员，在坐科的时候他是要服从严格纪律的，唱工做工武把子都要认真学习，各种角色的戏都要完全谙通，学成之后才能各按其趣味而单独发展其所长。学问要有根底，根底要打得平整坚实，以后永远受用。初学阶段的科目之最重要的莫过于语文与数学。语文是阅读达意的工具，国文不通便很难表达自己，外国文不通便很难吸取外来的新知。数学是思想条理之最好的训练。其他科目也是各有各的用处，其重要性很难强分轩轾，例如体育，从另一方面看也是重要得无以复加。总之，我们在求学时代，应该暂且把趣味放在一旁，耐着性子接受教育的纪律，把自己锻炼成为坚实的材料。学问的趣味，留在将来慢慢享受一点也不迟。

文艺与道德

在美国的《新闻周刊》上看到这样一段新闻：

"且来享受醇酒妇人，尽情欢笑；明天再喝苏打水，听人讲道。"这是英国诗人拜伦（一七八八至一八二四年）的句子，据说他不仅这样劝别人，他自己也彻底地接受了他自己的劝告；他和无数的情人缠绵，许多的丑闻使得这位面貌姣好头发鬈曲的诗人，死后不得在西敏寺内获一席地，几近一百五十年之久。一位教会长老说过，拜伦的"公然放浪的行为"和他的"不检的诗篇"使他不具有进入西敏寺的资格。但是"英格兰诗会"以为这位伟大的浪漫作家，由于他的诗和"他对于社会公道与自由之经常的关切"，还是应该享有一座纪念物的，西敏寺也终于改变了初衷，在"诗人角"里，安放了一块铜牌来纪念拜伦。那"诗人角"是早已装满了纪念诗人们的碑牌之类，包括诸大诗人如莎士比亚、米尔顿、骚塞、雪莱、济慈，甚至还有一位外国诗人名为朗费洛的在内。

这样的一条新闻实在令人感慨万千。拜伦是英国的一位浪漫诗人，在行为与作品上都不平凡，"一觉醒来，名满天下"，他不但震世骇俗，他也愤世嫉俗，"不是英格兰不适于我，便是我不适于英格兰"，于是怫然出国，遨游欧土，卒至客死异乡，享年不过三十有六。他生不见容于重礼法的英国社会，死不为西敏寺所尊重，这是可以理解的事。一百五十年后，情感被时间冲淡，社会认清了拜伦的全部面貌，西敏寺敞开了它的严封固局的大门，这一事实不能不使我们想一想，文艺与道德究竟是怎样的一种关系。

有人说，文艺与道德没有关系。一位厨师，只要善于调和鼎鼐，满足我们的口腹，我们就不必追问他的私生活中有无放荡逾检之处。这一比喻固很巧妙，但并不十分允洽。因为烹调的成品，以其色香味供我们欣赏，性质简单。而文艺作品之内容，则为人生的写照，人性的发挥，我们不仅欣赏其文辞，抑且受其内容的感动，有时为之逸兴遄飞，有时为之回肠荡气。我们纵然不问作者本人的道德行为，却不能不理会文艺作品本身所蕴涵着的道德意味。人生的写照，人性的发挥，永远不能离开道德。文艺与道德不可能没有关系。进一步说，口腹之欲的满足也并非是饮食之道的极致；快我朵颐之外，也还要顾到营养健康。文艺之于读者的感应，其间更要引起道德的影响与陶冶的功能。

所谓道德，其范围至为广阔，既不限于礼教，更有异于说教。吾人行事，何者应为，抉择之间端在一心，那便是道德价值的运用。悲天悯人，民胞物与的精神，也正是道德的高度表现。以拜伦而论，他的私人行为有许多地方诚然不足为训，但是他的作品却常有鼓舞人心向上的力量，也常有令人心胸开阔的妙处。他赞赏光荣的历史，他同情被压迫的人民，那一份激昂慷慨的精神，百余年之后仍然虎虎有生气，使得西敏寺的主持人不能不心回意转，终于奉献给他那一份积欠已久的敬意。在伟大作品照耀之下，作者私人生活的玷污终被淡忘，也许不是谅恕，这是不是英国人聪明的地方呢？我们中国人礼教的观念很强，以为一个人私德有亏，便一无是处，我们是不容易把人品和作品分开来的，而且"文人无行"的看法也是很普遍的，好像一个人一旦成为文人，其品行也就不堪闻问，甚至有些文人还有意地不肯敦品，以为不如此不能称其为文人。

文艺的题材是人生，所以文艺永远含有道德的意味；但是文艺的功用是不是以宣扬道德为最重要的一项呢？在西洋文学批评里，这是一个老问题。罗马的何瑞士采取一种折中的态度，以为文学一面供人欣赏，一面教训，所谓寓教训于欣赏。近代纯文学的观念则是倾向于排斥道德教训于文艺之外。我们中国的传统看法，把文艺看成有用的东西，多少是从实用的观点出发，并不充分承认其本身价值。从孔子所说"诗可以兴，可以观，可以群，可以怨，迩之事父，远之事君，多识于鸟兽草木之名"起，以至于周敦颐所谓之"文以载道"，都是把文艺当作教育工具看待，换言之，就是强调文艺之教育的功能，当然也就是强调文艺之道德的意味。直到晚近，文艺本身价值才逐渐被人认识，但是开明如梁任公先生的《小说与群治之关系》，仍未尽脱传统的功利观念的范围。我国的戏剧文学未能充分发达的原因之一，便是因为社会传统过分重视戏剧之社会教育价值。劝忠说孝，没有人反对；旧日剧院舞台两边柱上都有惩恶奖善性质的对联，可惜的是编剧的人受了束缚，不能自由发展，而观众所能欣赏到的也只剩了歌腔身段。戏剧有社会教育的功能，但戏剧本身的价值却不尽在此。文艺与道德有密切的关系，但那关系是内在的，不是目的与手段之间的主从关系。我们可以利用戏剧而从事社会教育，例如破除迷信，扫除文盲，以至于促进卫生，保密防谍，都可以透过戏剧的方式把主张传播给大众。

但是我们必须注意，这只是借用性质，借用就是借用，不是本来用途。

文艺作品里有情感，有思想，可是里面的思想往往是很难捉摸的，因为那思想与情感交织在一起，而且常是不自觉偶然流露出来的。文艺作家观察人生，处理他选定的题材，自有他独特的眼光，他不会拘于成见，他也不会唯他人之命是从，他不可能遗世独立，把文艺与道德完全隔离，亦不可能忘却他的严肃的"观察人生，并且观察人生全体"之神圣使命。

作文的三个阶段

我们初学为文，一看题目，便觉一片空虚，搔首踟蹰，不知如何落笔。无论是以"人生于世……"来开始，或以"时代的巨轮……"来开始，都感觉文思枯涩难以为继，即或搜索枯肠，敷衍成篇，自己也觉得内容贫乏索然寡味。胡适之先生告诉过我们："有什么话，说什么话；话怎么说，就怎么说。"我们心中不免暗忖：本来无话可说，要我说些什么？有人认为这是腹笥太俭之过，疗治之方是多读书。"读万卷书，行万里路"，固然可以充实学问增广见闻，主要的还是有赖于思想的启发，否则纵然腹笥便便，搜章摘句，也不过是饾饤之学，不见得就能做到"文如春华，思若涌泉"的地步。想象不充，联想不快，分析不精，辞藻不富，这是造成文思不畅的主要原因。

度过枯涩的阶段，便又是一种境界。提起笔来，有个我在，"纵横正有凌云笔，俯仰随人亦可怜。"对于什么都有意见，而且触类旁通，波澜壮阔，有时一事未竟而枝节横生，有时逸出题外而莫知所届，有时旁征博引而轻重倒置，有时作翻案文章，有时竟至"骂题"，洋洋洒洒，拉拉杂杂，往好听里说是班固所谓的"下笔不能自休"。也许有人喜欢这种"长江大河一泻千里"式的文章，觉得里面有一股豪放恣肆的气魄。不过就作文的艺术而论，似乎尚大有改进的余地。

作文知道割爱，才是进入第三个阶段的征象。须知敝帚究竟不值珍视。不成熟的思想，不稳妥的意见，不切题的材料，不扼要的描写，不恰当的词字，统统要大刀阔斧地加以削删。芟除枝蔓之后，才能显着整洁而有精神，清楚而有姿态，简单而有力量。所谓"绚烂之极趋于平淡"，就是这种境界。

文章的好坏，与长短无关。文章要讲究气势的宽阔、意思的深入，长短并无关系。长短要求其适度，性质需要长篇大论者不宜过于简略；性质需要简单明了者不宜过于累赘，如是而已。所以文章之过长过短，不以字数计，应以其内容之需要为准。常听见人说，近代人的生活忙碌，时间特别宝贵，对于文学作品都喜欢短篇小说、独幕剧之类，也许有人是这样的。不过我们都知道，长篇小说还是有更多的人看的；多幕剧也有更多的观众。人很少忙得不能欣赏长篇作品，倒是冗长无谓的文字，哪怕只是一两页，恹恹无生气，也令人难以卒读。

文章的好坏与写作的快慢无关。顷刻之间成数千言，未必斐然可诵；吟得一个字拈断数根须，亦未必字字珠玑。我们欣赏的是成品，不是过程。袁虎倚马草露布，"手不辍笔，俄得七纸"，固然资为美谈，究非常人轨范。文不加点的人，也许是早有腹稿。我们为文还是应该刻意求工，千锤百炼，虽不必"掷地作金石声"，总要尽力洗除一切肤泛猥杂的毛病。

文章的好坏与年龄无关。姜愈老愈辣，但"辣手著文章"的人并不一定即是耆耄。头脑的成熟，艺术的造诣，与年龄时常不成正比。不过就一个人的发展过程而言，总要经过上面所说的三个阶段。

中国语文的三个阶段

　　语文和其他的人类行为一样，因人而异，并不能是到处完全一致的。我们的国语国文，有其基本的法则，无论在读法、语法、句法，各方面都已约定俗成，通行无碍。但是我们若细按其内容，便会发现在成色上并不尽同，至少可以分为三个阶层：粗俗的，标准的，文学的。

　　所谓粗俗的语文，即是指一般文盲以及没有受过多少教育的民众所使用的语文而言。从前林琴南先生攻击白话文，斥为"引车卖浆者流"所使用的语文，实即指此而言。这一种语文，字汇很贫乏，一个字可以当许多字用，而且有些字有音无字，没法写出来。但是在词汇方面相当丰富，应事实之需要随时有新词出现。这种语文，一方面固然粗俗、鄙陋、直率、浅薄，但在另一方面有时却也有朴素的风致、活泼的力量和奇异的谐趣。方言土语也是属于此一范畴。

粗俗的语文尽管是由民众广泛地在使用着，究竟不足为训。所谓语文教育的目的，大部分在于标准语文的使用之训练。所谓标准语文，异于方言土语，是通行全国的，而其词句语法皆合于一般公认的标准，并且语句雅驯，不包括俚语鄙语在内。我们承认北平区域的语言为国语，这只是说以北平区域的发音为国语的基准，并不包括北平的土语在内。一个北平的土著，他的国语发音的能力当然是没有问题的，但是他的每个字的读音未必全是正确，因为他有许多土音夹杂在内。有人勉强学习国语，在不该加"儿"字的地方也加"儿"，实在是画蛇添足。

标准语写出来不一定就是好的标准文，语与文中间还是有一点距离的。心里怎样想，口里怎样说，笔下怎样写——这道理是对的，但是由语变成文便需有剪裁的功夫。很少的人能文不加点，更少的人能出口成章。说话夹七夹八，行文拖泥带水，是我们最容易犯的毛病。语体文常为人所诟病，以为过于粗俗，纵能免于粗俗，仍嫌平庸肤浅，甚至啰唆无味，须知标准语文本身亦有高下不同的等级，未可一概而论。"引车卖浆者流"的粗俗语文，固无论矣，受过教育的人，其说话作文，有的简截了当，有的冗沓枝节，有的词不达意，有的气盛言宜。语文训练便是教人一面怎样说话，一面怎样作文，话要说得明白清楚，文要写得干净利落。

语文而达到文学的阶层便是最高的境界了。文学的语文是供人欣赏的，其本身是经过推敲的，其措辞用字千锤百炼以能充分而适当地表达情意为主。如何使声调保有适当的节奏之美，如何巧妙地使用明譬与暗喻，如何用最经济的手法描写与陈述，这都是应时随时考虑之中的课题。一个文学作家如果缺乏一个有效的语文工具，只能停滞在"清通"的阶段，那将是很大的缺憾。因为"清通"的语文只能算是日常使用的标准语文，不能符合文学的需要。固然，绚烂至极趋于平淡。但是那平不是平庸之平，那淡不是淡而无味之淡，那平淡乃是不露斧斫之痕的一种艺术韵味，与那稀松平常的一览无余的标准语文是大不相同的。文学的语文之造诣，有赖于学力，亦有赖于天才，而且此种语文亦只求其能适当，雕琢过分则又成了毛病。

这三种语文虽有高下之不同，却无优劣之判。在哪一种环境里便应使用哪一种语文。事实上也没有一个人能永远使用某一阶层的语文，除非那一个人永远是文盲。粗俗的语文在文学作品里有时候也有它的地位，例如在小说里要描写一个市井无赖，最好引用他那种粗俗的对话。优美的文学用语如果用在日常生活的谈吐中间，便要令人觉得不亲切、不自然，甚至是可笑。对语文训练感兴趣的人，似应注意到下列三点：粗俗的方言俚语应力求避免，除非在特殊的机缘偶一使用；标准语文应力求其使用纯熟；文学的语文则有志于文艺创作者必须痛下功夫勤加揣摩。

读书苦？读书乐？

从开蒙说起

读书苦？读书乐？一言难尽。

从前读书自识字起。开蒙时首先是念字号，方块纸上写大字，一天读三五个，慢慢增加到十来个，先是由父母手写，后来书局也有印制成盒的，背面还往往有画图，名曰看图识字。小孩子淘气，谁肯沉下心来一遍一遍地认识那几个单字？若不是靠父母的抚慰，甚至糖果的奖诱，我想孩子开始识字时不会有多大的乐趣。

光是认字还不够，需要练习写字，于是以描红模子开始，"上大人，孔乙己，化三千……"，再不就是"一去二三里，烟村四五家，亭台六七座，八九十枝花"，或是"王子去求仙，丹成上九天，洞中才一日，世上几千年"。手搦毛笔管，硬是不听使唤，若不是先由父母把着小手写，多半就会描出一串串的大黑猪。事实上，没有一次写字不曾打翻墨盒砚台弄得满手乌黑，狼藉不堪。稍后写小楷，白折子乌丝栏，写上三五行就觉得很吃力。大致说来，写字还算是愉快的事。

进过私塾或从"人，手，足，刀，尺"读过初小教科书的人，对于体罚一事大概不觉陌生。念、背、打三部曲，是我们传统的教学法。一目十行而能牢记于心，那是天才的行径；普通智商的儿童，非打是很难背诵如流的。英国十八世纪的约翰逊博士就赞成体罚，他说那是最直截了当的教学法，颇合于我们所谓"扑作教刑"之意。私塾老师大概都爱抽旱烟，一二尺长的旱烟袋总是随时不离手的，那烟袋锅子最可怕，白铜制，如果孩子背书疙疙瘩瘩的上气不接下气，当心那烟袋锅子敲在脑袋壳上，"砰"的一声就是一个大包。谁疼谁知道。小学教室讲台桌子抽屉里通常藏有戒尺一条，古所谓榎楚，也就是竹板一块，打在手掌上其声清脆，感觉是又热又辣又麻又疼。早年的孩子没尝过打手板的滋味的大概不太多。如今体罚悬为禁例，偶一为之便会成为新闻。现代的孩子比较有福了。

从前的孩子认字，全凭记忆，记不住便要硬打进去。如今的孩子读书，开端第一册是先学注音符号，这是一大改革。本来是，先有语言，后有文字。我们的文字不是拼音的，虽然其中一部分是形声字，究竟无法看字即能读出声音，或是发音即能写出文字。注音符号（比反切高明多了）是帮助把语言文字合而为一的一种工具，对于儿童读书实在是无比的方便。我们中国的文字不是没有严密的体系，所谓六书即是一套提纲挈领的理论，虽然号称"小学"，小学生谁能理解其中的道理？《说文解字》五百四十个部首就会使人晕头转向。章太炎编了一个《部首歌》，"一、上、三、示、王、玉、珏……"煞费苦心，谁能背得上来？陈独秀编了一部《小学识字读本》（台湾印行改名为《文字新论》），是文字学方面一部杰出的大作，但是显然不是适合小学识字的读本。我们中国的语言文字，说难不难，说易不易，高本汉说过这样一段话——

北京语实在是一种最可怜的方言，总共只有四百二十个音缀；普通的语词不下四千个，这四千多个的语词，统须支配于四百二十个音缀当中。同音语词的增进，使听受者受了极大的困难，于此也可以想见了……（见《中国语与中国文》）

这是外国人对外国人所说的话，我们中国儿童国语娴熟，四声准确，并不觉得北京语"可怜"。我们的困难不在语言，在语言与文字之间的不易沟通。所以读书从注音符号开始，这方法是绝对正确的。

《三字经》《百家姓》《千字文》是旧式的启蒙教材。《百家姓》有其实用价值，对初学并不相宜，且置勿论。《三字经》《千字文》都编得不错，内容丰富妥当，而且文字简练，应该是很好的教材，所以直到今日还有人怀念这两部匠心独运的著作，但是对于儿童并不相宜。孩子懂得什么"人之初，性本善""天地玄黄，宇宙洪荒"？民国初年，我在北平陶氏学堂读过一个时期的小学，记得国文一课是由老师领头高吟"击鼓其镗，踊跃用兵，土国城漕，我独南行……"，全班一遍遍地循声朗诵，老师喉咙干了，就指派一个学生（班长之类）代表他领头高吟。朗诵一小时，下课。好多首《诗经》作品就是这样注入我的记忆，可是过了五六十年之后自己摸索才略知那几首诗的大意。小时候多少时间都浪费掉了。教我读《诗经》的那位老师的姓名已不记得，他那副不讨人敬爱的音容道貌至今不能忘！

新式的语文教科书顾及儿童心理及生活环境，读起来自然较有趣味。民初的国文教科书，"一人二手，开门见山，山高日小，水落石出……""一老人，入市中，买鱼两尾，步行回家"……这一类课文还多少带有一点文言的味道。后来仿效西人的作风，就有了"小猫叫，小狗跳……"一类的句子，为某些人所诟病。其实孩子喜欢小动物，由此而入读书识字之门，亦无可厚非。

抗战初期我曾负责主编第一套中小学教科书，深知其中艰苦，大概越是初级的越是难于编写，因为牵涉到儿童心理与教学方法。现在台湾使用的"国立编译馆"编印的中小学教科书，无论在内容上或印刷上较前都日益进步，学生面对这样的教科书至少应该不至于望而生畏。

纪律与兴趣

高中与大学一、二年级是读书求学的一个很重要阶段。现在所谓读书，和从前所谓"读圣贤书"意义不同，所读之书范围较广，学有各门各科，书有各种各类。但是国、英、算是基本学科，这三门不读好，以后荆棘丛生，一无是处。而这三门课，全无速成之方，必须按部就班，耐着性子苦熬。读书是一种纪律，谈不到什么兴趣。

梁启超先生是我所敬仰的一位学者，他的一篇《学问与兴趣》广受大众欢迎，很多人读书全凭兴趣，无形中受了此文的影响。我也是他所影响到的一个。我在清华读书，窃自比附于"少小爱文辞"之列，对于数学不屑一顾，以为性情不近，自甘暴弃，勉强及格而已。留学国外，学校当局强迫我补修立体几何及三角二课，我这才知道发愤补修。可巧我所遇到的数学老师，是真正循循善诱的一个人，他讲解一条定律一项原理，不厌其详，远警近喻地要学生彻底理解而后已。因此我在这两门课中居然培养出兴趣，得到优异的成绩，蒙准免予参加期终考试。我举这一个例，为的说明一件事，吾人读书上课，无所谓性情近与不近，无所谓有无兴趣。读书上课就是纪律，越是自己不喜欢的学科，越要加倍鞭策自己努力钻研。克制自己欲望的这一套功夫，要从小时候开始锻炼。读书求学，自有一条正路可循，由不得自己任性。梁启超先生所倡导趣味之说，是对有志研究学问的人士说教，不是对读书求学的青年致辞。

一般人称大学为最高学府，易令人滋生误解，大学只是又一个读书求学的阶段，直到毕业之日才可称之为做学问的"开始"。大学仍然是一个准备阶段，大学所讲授的仍然是基本知识。所以大学生在读书方面没有多少选择的自由，凡是课程规定的以及教师指定的读物是必须读的。青年人常有反抗的心理，越是规定必须读的，越是不愿去读，宁愿自己去海阔天空地穷搜冥讨。到头来是枉费精力自己吃亏，五四时代而不知所从。张之洞的《书目答问》不足以餍所望。有一天，几个同学和我以《清华周刊》记者的名义进城去就教于北大的胡适之先生，胡先生慨允为我们开一个最低的国学必读书目，后来就发表在《清华周刊》上。内容非常充实，名为最低，实则庞大得惊人。梁启超先生看到了，凭他渊博的学识开了一个更详尽的书目。没有人能按图索骥地去读，能约略翻阅一遍认识其中较重要的人名书名就很不错了。吴稚晖先生看到这两个书目，气得发出"一切线装书都丢进茅坑里去"的名言！现在想想，我们当时惹出来的这个书目风波，倒也不是什么坏事，只是好高骛远不切实际罢了。我们的举动表示我们不肯枯守学校规定的读书纪律，而对于更广泛更自由的读书的要求开始展露了天真的兴趣。

书到用时方恨少

我到三十岁左右开始以教书为业的时候，发现自己学识不足，读书太少，应该确有把握的题目东一个窟窿西一个缺口，自己没有全部搞通，如何可以教人？既已荒疏于前，只好恶补于后，而恶补亦非易事。我忘记是谁写的一副对联："书有未曾经我读，事无不可对人言！"很有意思，下句好像是左宗棠的，上句不知是谁的。这副对联表面上语气很谦逊，细味之则自视甚高。以上句而论，天下之书浩如烟海，当然无法遍读，而居然发现自己尚有未曾读过之书，则其已经读过之书必已不在少数，这口气何等狂傲！我爱这句话，不是因为我也感染了几分狂傲，而是因为我确实知道自己的谫陋，该读而未读的书太多，故此时时记挂着这句名言，勉励自己用功。

我自三十岁才知道自动地读书恶补。恶补之道首要的是先开列书目，何者宜优先研读，何者宜稍加参阅，版本问题也非常重要。此时我因兼任一个大学的图书馆馆长，一切均在草创，经费甚为充足，除了国文系以外各系申请购书并不踊跃，我乃利用机会在英国文学图书方面广事购储。标准版本的重要典籍以及参考用书乃大致齐全。有了书并不等于问题解决，要逐步一本一本地看。我哪里有充分时间读书？我当时最羡慕英国诗人弥尔顿，他在大学卒业之后听从他父亲的安排到郝尔顿乡下别墅下帷读书五年之久，大有董仲舒三年不窥园之概，然后他才出而问世。我的父亲也曾经对我有过类似的愿望，愿我苦读几年书，但是格于环境，事与愿违。我一面教书，一面恶补有关的图书，真所谓是困而后学。例如莎士比亚剧本，我当时熟悉的不超过三分之一，例如弥尔顿，我只读过前六卷。这重大的损失，以后才得慢慢弥补过来。至于国学方面更是多少年茫然不知如何下手。

读书乐

读书好像是苦事，小时嬉戏，谁爱读书？既读书，还要经过无数次的考试，面临威胁，担惊害怕。长大就业之后，不想奋发精进则已，否则仍然要继续读书。我从前认识一位银行家，整日价筹划盈虚，但是他床头摆着一套英译法朗士全集，每晚翻阅几页，日久读毕全书，引以为乐。宦场中、商场中有不少可敬的人物，品位很高，嗜读不倦，可见到处都有读书种子，以读书为乐，并非全是只知道争权夺利之辈。

我们中国自古就重视读书，据说秦始皇日读一百二十斤重的竹简公文才就寝。《鹤林玉露》载:"唐张参为国子司业,手写九经,每言读书不如写书。高宗以万乘之尊,万畿之繁,乃亦亲洒宸翰,遍写九经,云章烂然,始终如一,自古帝王所未有也。"从前没有印刷的时候讲究抄书,抄书一遍比读书一遍还要受用。如今印刷发达,得书容易,又有缩印影印之术,无辗转抄写之烦,读书之乐乃大为增加。想想从前所谓"学富五车",是指以牛车载竹简,仅等于今之十万字弱。纪元前一千年以羊皮纸抄写一部《圣经》需要三百只羊皮!那时候图书馆里的书是用铁链锁在桌上的!《听雨纪谈》有一段话:

苏文忠公作《李氏山房藏书记》曰:"予犹及见老儒先生言其少时欲求《史记》《汉书》而不可得,幸而得之,皆手自书,日夜诵读,唯恐不及。近岁,市人转相摹刻诸子百家之书,日夜传万纸,学者之于书,多且易致如此,其文辞学术当倍蓰于昔人。而后生科举之士皆束书不观,游谈无根。"苏公此言切中今时学者之病,盖古人书籍既少,凡有藏者率皆手录。盖以其得之之难故,其读亦不苟。到唐世始有板刻,至宋而益盛,虽云便于学者,然以其得之之易,遂有蓄之而不读,或读之而不灭裂,则以有板刻之故。。

无怪乎今之不如古也。其言虽似言之成理，但其结论"今不如古"则非事实。今日书多易得，有便于学子，读书之乐岂古人之所能想象？今之读书人所面临之一大问题，乃图书之选择。开卷有益，实未必然，即有益之书其价值亦大有差别，罗斯金说得好："所有的书可分为两大类：风行一时的书与永久不朽的书。"我们的时间有限，读书当有选择。各人志趣不同，当读之书自然亦异，唯有一共同标准可适用于我们全体国人。凡是中国人皆应熟读我国之经典，如《诗》《书》《礼》，以及《论语》《孟子》，再如《春秋左氏传》《史记》《汉书》以及《资治通鉴》或近人所著通史，这都是我国传统文化之所寄。如谓文字艰深，则多有今注今译之版本在。其他如子集之类，则各随所愿。

人生苦短，而应读之书太多。人生到了一个境界，读书不是为了应付外界需求，不是为人，是为己，是为了充实自己，使自己成为一个明白事理的人，使自己的生活充实而有意义。吾故曰：读书乐。我想起英国十八世纪诗人一句诗——

Stuff the head,

With all such reading as was never read.

大意是："把从未读过的书籍，赶快塞进脑袋里去。"

记梁任公先生的一次演讲

　　梁任公先生晚年不谈政治，专心学术。大约在一九二一年左右，清华学校请他做第一次的演讲，题目是"中国韵文里表现的情感"。我很幸运地有机会听到这一篇动人的演讲。那时候的青年学子，对梁任公先生怀着无限的景仰，倒不是因为他是戊戌政变的主角，也不是因为他是云南起义的策划者，实在是因为他的学术文章对于青年确有启迪领导的作用。过去也有不少显宦，以及叱咤风云的人物，莅校讲话，但是他们没有能留下深刻的印象。

　　任公先生的这一篇讲演稿，后来收在《饮冰室文集》里。他的讲演是预先写好的，整整齐齐地写在宽大的宣纸制的稿纸上面，他的书法很是秀丽，用浓墨写在宣纸上，十分美观。但是读他这篇文章和听他这篇讲演，那趣味相差很多，犹之乎读剧本与看戏之迥乎不同。

我记得清清楚楚，在一个风和日丽的下午，高等科楼上大教堂里坐满了听众，随后走进了一位短小精悍秃头顶宽下巴的人物，穿着肥大的长袍，步履稳健，风神潇洒，左右顾盼，光芒四射，这就是梁任公先生。

他走上讲台，打开他的讲稿，眼光向下面一扫，然后是他的极简短的开场白，一共只有两句，头一句是："启超没有什么学问——"眼睛向上一翻，轻轻点一下头，"可是也有一点喽！"这样谦逊同时又这样自负的话是很难得听到的。他的广东官话是很够标准的，距离国语甚远，但是他的声音沉着而有力，有时又是洪亮而激亢，所以我们还是能听懂他的每一字，我们甚至想如果他说标准国语其效果可能反要差一些。

我记得他开头讲一首古诗《箜篌引》：

公无渡河。公竟渡河！
渡河而死，其奈公何！

这四句十六字，经他一朗诵，再经他一解释，活画出一出悲剧，其中有起承转合，有情节，有背景，有人物，有情感。我在听先生这篇讲演后约二十余年，偶然获得机缘在茅津渡候船渡河。但见黄沙弥漫，黄流滚滚，景象苍茫，不禁哀从中来，顿时忆起先生讲的这首古诗。

先生博闻强记，在笔写的讲稿之外，随时引证许多作品，大部分他都能背诵得出。有时候，他背诵到酣畅处，忽然记不起下文，他便用手指敲打他的秃头，敲几下之后，记忆力便又畅通，成本大套地背诵下去了。他敲头的时候，我们屏息以待，他记起来的时候，我们也跟着他欢喜。

先生的讲演，到紧张处，便成为表演。他真是手之舞之足之蹈之，有时掩面，有时顿足，有时狂笑，有时叹息。听他讲到他最喜爱的《桃花扇》，讲到"高皇帝，在九天，不管……"那一段，他悲从中来，竟痛哭流涕而不能自已。他掏出手巾拭泪，听讲的人不知有几多也泪下沾巾了！又听他讲杜氏讲到"剑外忽传收蓟北，初闻涕泪满衣裳……"，先生又真是于涕泗交流之中张口大笑了。

这一篇讲演分三次讲完，每次讲过，先生大汗淋漓，状极愉快。听过这次讲演的人，除了当时所受的感动之外，不少人从此对于中国文学发生了强烈的爱好。先生尝自谓"笔锋常带情感"，其实先生在言谈讲演之中所带的情感不知要更强烈多少倍！

有学问、有文采、有热心肠的学者，求之当世能有几人？于是我想起了从前的一段经历，笔而记之。

利用零碎时间

英国的一个政治家兼作者威廉·考贝特（Willam Cobbett，1762—1835）。写过一本书——《对青年人的劝告》，其中有一段"利用零碎时间"，如下：

文法的学习并不需要减少办事的时间，也不需要占去必需的运动时间。平常在茶馆、咖啡馆用掉的时间以及附带着闲谈所用掉的时间——亦即一年中所浪费掉的时间——如果用在文法的学习上，便会使你在余生中成为一个精确的说话者和写作者。你们不需要进学校，用不着课室，无须费用，没有任何麻烦的情形。我学习文法是在每日赚六便士当兵卒的时候，床的边沿或岗哨铺位的边沿就是我们研习的座位，我的背包便是我的书架子，一小块木板放在腿上便是我的写字台，而这工作并未用掉一整年的工夫。我没钱去买蜡烛油；在冬天除了火光以外我很难得在夜晚有任何光，而那也只好等到我轮值时才有。

如果我在这种情形之下，既无父母又无朋友给我以帮助与鼓励，居然能完成这工作。那么任何年轻人，无论多穷苦，无论多忙，无论多缺乏房间或方便，可有什么借口的呢？为了买一支笔或一张纸，我被迫放弃一部分粮食，虽然是在半饥饿的状态中。在时间上没有一刻钟可以说是属于自己的，我必须在十来个最放肆而又随便的人们之高谈阔论、歌唱嬉笑、吹哨吵闹当中阅读写作，而且是在他们毫无顾忌的时间里。莫要轻视我偶尔花掉的买纸笔墨水的那几文钱。那几文钱对于我可是一笔巨款！除了为我们上市购买食物所费之外，我们每人每星期所得不过是两便士。我再说一遍，如果我能在此种环境下完成这项工作，世界上可能有一个青年能找到借口说办不到吗？哪一位青年读了我这篇文字，若是还能说没有时间、没有机会研习这学问中最重要的一项，他能不羞惭吗？

以我而论，我可以老实讲，我之所以成功，得力于严格遵守我在此讲给你们听的教条，过于我的天赋的能力；因为天赋能力，无论多少，比较起来用处较少，纵然以严肃和克己来相辅，如果我在早年没有养成那爱惜光阴之良好习惯，我在军队获得非常的擢升，有赖于此者胜过其他任何事物。我是"永远有备"，如果我在十点要站岗，我在九点就准备好了：从来没有任何人或任何事在等候我片刻时光。年过二十岁，从上等兵立刻升到军士长，越过了三十名中士，应该成为大家嫉恨的对象，但是早起的习惯以及严格遵守我讲给你们听的教条，确曾消灭了那些疾恨的情绪，因为每个人都觉得我所做的乃是他们所没有做的而且是他们所永不会做的。

考贝特这个人是工人之子，出生寒微，早年在美洲从军，但是他终于因苦读自修而成功，他写了不少的书，其中有一部是《英文文法》。

常有人问我：你大部分时间用在什么上面？我回答说：我的大部分时间浪费掉了。这并非是矫情。的确，大部分时间是未加利用，浑浑噩噩地消磨掉了，所以一事无成老大伤悲。我又常听人说，他想读一点书，苦于没有时间。我不同情他，因为一个人不管多么忙，总不至于忙得抽不出一点时间。如果每日抽出一小时读书，一年就有三百六十五小时，十年就有三千六百五十小时。积少成多，何事不可为？放翁诗有"呼童不应自生火，待饭未来还读书"之句，我曾写了张贴在壁上，鞭策自己不要浪费"待饭未来"的那一段光阴。我的子女也无意中受到影响，待饭的时间人手一卷。这就是利用零碎时间之一道。古人所谓"马上、枕上、厕上"三上之功，其立意也无非是如此。

西人有度周末之说，工商界人士一周劳瘁，到周末游憩，亦我国休沐之意，无可厚非。读书人似应仍以"焚膏油以继晷，恒兀兀以穷年"为圭臬。零碎时间不可浪费，矧周末大好时光，竟杀之而后快？

书房

　　书房，多么典雅的一个名词！很容易令人联想到一个书香人家。书香是与铜臭相对的。其实书未必香，铜亦未必臭。周彝商鼎，古色斑斓，终日摩挲亦不觉其臭，铸成钱币才沾染市侩味，可是不复流通的布帛刀错又常为高人赏玩之资。书之所以为香，大概是指松烟油墨印上了毛边连史，从不大通风的书房里散发出来的那一股怪味，不是桂馥兰熏，也不是霉烂馊臭，是一股混合的难以形容的怪味。这种怪味只有书房里才有，而只有士大夫家才有书房。书香人家之得名大概是以此。

　　寒窗之下苦读的学子多半是没有书房，囊萤凿壁的就更不用说。所以对于寒苦的读书人，书房是可望而不可即的豪华神仙世界。伊士珍《琅嬛记》："张华游于洞宫，遇一人引至一处。别是天地，每室各有奇书，华历观诸室书，皆汉以前事，多所未闻者，问其地，曰：'琅嬛福地也。'"这是一位读书人希求冥想一个理想的读书之所，乃托之于神仙梦境。其实除了赤贫的人饔飧不继谈不到书房外，一般的读书人，如果肯要一个书房，还是可以好好布置出一个来的。有人分出一间房子来养鸡，也有人分出一间房子养狗，就是匀不出一间做书房。我还见过一位富有的知识分子，他不但没有书房，也没有书桌，我亲见他的公子趴在地板上读书，他的女公子用块木板在沙发上写字。

一个正常的良好的人家，每个孩子应该拥有一个书桌，主人应该拥有一间书房。书房的用途是庋藏图书并可读书写作于其间，不是用以公开展览借以骄人的。"丈夫拥有万卷书，何假南面百城！"这种话好像是很潇洒而狂傲，其实是心尚未安无可奈何的解嘲语，徒见其不丈夫。书房不在大，亦不在设备佳，适合自己的需要便是。局促在几尺宽的走廊一角，只要放得下一张书桌，依然可以作为一个读书写作的工厂，大量出货。光线要好，空气要流通，红袖添香是不必要的，既没有香，"素腕举，红袖长"反倒会令人心有别注。书房的大小好坏，和一个读书写作的成绩之多少高低，往往不成正比例。有好多著名作品是在监狱里写的。

我看见过的考究的书房当推宋春舫先生的褐木庐为第一，

在青岛的一个小小的山头上，这书房并不与其寓邸相连，是单独的一栋。环境清幽，只有鸟语花香，没有尘嚣市扰。《太平清话》："李德茂环积坟籍，名曰书城。"我想那书城未必能和褐木庐相比。在这里，所有的图书都是放在玻璃柜里，柜比人高，但不及栋。我记得藏书是以法文戏剧为主。所有的书都精装，不全是buckram（胶硬粗布），有些是真的小牛皮装订（halfcalf，oozecalf，etc），烫金的字在书脊上排着队闪闪发亮。也许这已经超过了书房的标准，微近于藏书楼的性质，因为他还有一册精印的书目，普通的读书人谁也不会把他书房里的图书编目。

周作人先生在北平八道湾的书房，原名苦雨斋，后改为苦茶庵，不离苦的味道。小小的一幅横额是沈尹默写的。是北平式的平房，书房占据了里院上房三间，两明一暗。里面一间是知堂老人读书写作之处，偶然也延客品茗，几净窗明，一尘不染。书桌上文房四宝井然有致。外面两间像是书库，约有十个八个书架立在中间，图书中西兼备，日文书数量很大。真不明白苦茶庵的老和尚怎么会掉进了泥淖一辈子洗不清！

闻一多的书房，和闻一多先生的书桌一样，充实、有趣而乱。他的书全是中文书，而且几乎全是线装书。在青岛的时候，他仿效青岛大学图书馆庋藏中文图书的办法，给成套的中文书装制蓝布面，用白粉写上宋体字的书名，直立在书架上。这样的装备应该是很整齐可观，但是主人要做考证，东一部西一部的图书便要从书架上取下来参加獭祭的行列了，其结果是短榻上、地板上，唯一的一把木根雕制的太师椅上，全都是书。那把太师椅玲珑邦硬，可以入画，不宜坐人，其实亦不宜于堆书，却是他书斋中最惹眼的一个点缀。

潘光旦在清华南院的书房另有一种情趣。他是以优生学专家的素养来从事我国谱牒学研究的学者，他的书房收藏这类图书极富。他喜欢用书护，那就是用两块木板将一套书夹起来，立在书架上。他在每套书系上一根竹制的书签，签上写着书名。这种书签实在很别致，不知杜工部《将赴草堂途中有作》所谓"书签药里封蛛网"的书签是否即系此物。光旦一直在北平，失去了学术研究的自由，晚年丧偶，又复失明，想来他书房中那些书签早已封蛛网了！

汗牛充栋，未必是福。丧乱之中，牛将安觅？多少爱书的人士都把他们苦心聚集的图书抛弃了，而且再也鼓不起勇气重建一个像样的书房。藏书而充栋，确有其必要，例如从前我家有一部小字本的图书集成，摆满上与梁齐的靠着整垛山墙的书架，取上层的书须用梯子，爬上爬下很不方便，可是充栋的书架有时仍是不可少。我来台湾后，一时兴起，兴建了一个连在墙上的大书架，邻居绸缎商来参观，叹曰："造这样大的木架有什么用，给我摆列绸缎尺头倒还合用。"他的话是不错的，书不能令人致富。书还给人带来麻烦，能像郝隆那样七月七日在太阳底下晒肚子就好，否则不堪衣鱼之扰，真不如尽量地把图书塞入腹笥，晒起来方便，运起来也方便。如果图书都能做成"显微胶片"纳入腹中，或者放映在脑子里，则书房就成为不必要的了。